烙印の森

大沢在昌

集英社文庫

烙印の森

1

五月にしてはひどく暑い。夜になって少しはやわらいだような気もするが、芝浦《しばうら》運河の黒い水面から瘴気《しょうき》にも似た湿気がたちのぼり、開けはなった窓から入りこんで、じっとりと体にまつわりついてくる。

私は、明りを消した部屋の、窓に近いソファに腰かけて外を眺めていた。

運河の悪臭はそれほど気にならない。芝浦の埋立地の、運河の支流に囲まれた中州に建つマンションの八階からは、真夜中にさしかかろうという東京の、うずくまった巨獣のような風景が見える。

巨獣のさかだった毛先には、光を放つ寄生虫に似て、赤や緑、青などの煌《きら》めきが点在している。

巨獣はまだ眠りについていない。複雑にからみあった毛の間を疾走する車の数、そしてエンジンの叫びに混じってかん高い悲鳴をあげるサイレンのこだまがそれを証明している。

私はアイスコーヒーの入った紙コップを手に、デスクの上のパーソナルコンピュータを見やった。〝福耳〟がこしらえたものだ。

コンピュータの本体はデジタル無線機とつながっている。

二台の機械の中でおこなわれているのは、猛スピードの洗いだしだ。東京の空を、それこそ無数に飛ぶ電波の中から、ある周波数のものだけを特定し、しかもそれにかけられたデータ変換という形の「秘話パターン」を読みとって、意味のある音声に組み直す。

洗いだしに入ってから、三十分が経過していた。

デジタル無線機のチャンネル表示が、コンピュータの指令を受けて、四つの窓の中で目にもとまらない速さで切り替わっている。

洗いだしは、数時間に及ぶこともあれば、ものの数分で完了することもある。

パチンコ屋のデジタル台に似ている、といえなくもない。

洗いだしが成功すれば、壁ぎわにおいたスピーカーから自動的に音声が流れだすはずだ。それまで私は、ただ待っている。

ぬるくなったコーヒーをもうひと口飲み、再び窓の外に目を向けた。

窓の外に比べ、建物の中は静かだった。マンションとはいえ、テナントの大部分はオフィスだ。

青山《あおやま》や原宿《はらじゆく》の家賃高に見切りをつけた、あるいは追いだされたアパレルメーカー、通信販売専門のビデオプロダクション、高利貸し、デザイン事務所、などが入っている。

この建物の二十四時間を知っているのは、事務所兼住居として部屋を使う私のほかは、ほんの数人くらいだろう。

窓の下を、非現実的なほどのまばゆい光を放って、モノレールが通過した。二十三時十分羽田《はねだ》発の、浜松町《はままつちょう》行き最終電車だ。輝く四角い窓からは、旅に疲れ、スーツケースを膝の間にはさんだ乗客たちの姿が、かいま見える。

連中がこれから向かうのは、郊外に建つちっぽけな我が家か、それとも、この巨獣の体毛の一本である、箱のようなホテルの一室か。

モノレールは体をくねらす環虫類のように、毛先の間をくぐりぬけていく。

釣りエサに使うイソメ類のある種のものは、発光体を備えている、と何かの本で読んだことがある。たとえば、アオイソメだ。緑灰色をした、ミミズの親戚のような奴《やつ》だが、夜釣りでは、海中で緑色の光を放ち、魚はそれを目あてに食いついてくるという。

モノレールはそれに似ていた。

ちがうのは、乗っている連中が、誰も自分の体に鉤《はり》がつき刺さっているのに気がついていない点だ。

連中が魚なのか、エサなのか、本当のところは、私にもわからない。ただ、どちらにしても、いずれは、魚の口か、釣り人の手で、息絶える運命にある。そう、魚ならば、あるいは、釣り鉤にかけられることも、他の魚に食われることもなく、安息な一生を終える可能性がある。

が、釣り具屋で売られている、ビニールパックに入ったイソメには、そんなチャンスはない。鉤に吊《つ》るされるか、海中で魚に食われるか、どちらにしてもろくなことはなさそうだ。

決まった。あんたたちはイソメだ。イソメの、足にも似た、あの細かな毛の一本一本に過ぎない。もっとも、俺もそうだがね。

胸のうちでつぶやいたとき、洗いだしが成功した。

「――より各移動、渋谷《しぶや》管内、発砲事件の通報。円山町《まるやまちょう》××番地、ホテル『アイ』。近い局どうぞ」

「渋谷八、渋谷駅前」

「警視庁了解。他にありませんか」

「警視三〇五、現場付近」

「警視庁了解。渋谷八、警視三〇五、現場へ。現場は円山町××番地、ホテル『アイ』。この三階客室から銃声らしき音、悲鳴を聞いたとの訴えで。従業員、トミタという男性より入電。至急現場で調査願いたい」

「渋谷八、了解」

「警視三〇五、了解」

「警視三〇九、現場急行中」

「警視三〇九、現場急行中、警視庁了解しました。なお、現場付近ではサイレン、赤色灯は停止。渋谷八、警視三〇五、警視三〇九は到着後、各乗務員と協力。ひとりで現場に入ることなく、間合いをとり、現場客室を包囲、受傷事故防止に留意の上、事件性の有無を最優先、調査一報されたい。

　警視庁から渋谷？」

「渋谷です、どうぞ」

「本件、一一〇番受付番号は一二三五。指令二十三時二十一分、担当キノシタです。なお、至急、専務幹部、および待機車輛《しゃりょう》派遣を願いたい」

「渋谷了解。担当タムラ。待機車輛一号、および専務幹部は渋谷十五にてＰＳからすでに出向ずみです」

「警視庁了解。なお、渋谷管内の事案、詳細判明するまで、通話統制を実施します。各局、了解されたい」

　グッドタイミングだった。私は紙コップをおき、ソファから立った。

　この時間なら、バイクよりも車の方がいい。カメラバッグをつかみ、部屋を出て、エレベータに向かう。

私は地下一階の駐車場におりると、そこに止めた4WDのワンボックスカーに乗りこんだ。助手席にカメラバッグをおく。

運転席のうしろには、デスクの上にあったのと同じ、デジタル無線機とパーソナルコンピュータのキットが後部シートをつぶしてセットしてある。

この二組を手に入れるために、私は五百万以上の金を〝福耳〟に払ったのだ。デジタルの警察無線は、「秘話パターン」のために、同じ周波数帯を扱うデジタル無線機であっても、一般に販売されている民生用機種では解読が困難だ。

しかも警察無線の「秘話パターン」は毎日のように変更される。これをいきあたりばったりの手動でスイッチ切替えをおこない、捜しあてるのは不可能に近い。いわば、億とあるテレビのチャンネルをひとつずつ回して、目あての一局を見つけよう、というのに似ている。

〝福耳〟は、それをコンピュータで自動的に回して捜しあてるソフトを開発したのだ。それが具体的にはどんなメカニズムであるか、私にはわからない。ただ、このキットを使えば、通常では決して傍受できない、警察無線を傍受することが可能になる。

車のエンジンをかけると、私はコンピュータと無線機の電源を入れた。部屋をとびだす前に、目に焼きつけておいた「秘話パターン」の番号を打ちこむ。

ワンボックスカーは、側面の窓をすべて厚い遮光シールでおおってある。この高価なキットの存在を、車外から気づかせないためだ。その上、盗難防止装置もセットしてあって、鍵穴に針金でもつっこもうものなら、とてつもない音量で警報ブザーが鳴りだすしくみだ。

車を駐車場から走りださせると、私は渋谷に向けてスピードをあげた。

信号で止まるたびに、カメラバッグを開け、中のカメラにフィルムが装塡されているかを確認する。

円山町のホテルに着くまでに、無線機から流れだす情報で、私は現場の状況を把握していた。

警官が問題のホテル「アイ」三階の客室に踏みこむと、ダブルベッドの上に、上半身裸の男が仰むけに倒れていた。至近距離から喉と胸に二発、銃弾を浴び、死亡。男は、左手小指の先を欠損し、マル暴（暴力団員）風、とのことだ。

警官の要請を受け、警視庁の捜査一課が出動していた。無線の内容から、担当が「鹿《け》屋《や》班」であることも、私は知った。

私の到着は、捜査一課よりも早かった。

現場は円山町のホテル街の一角で、すでにホテル「アイ」の前に止まっているパトカーに、野次馬の人だかりができていた。

私は細い一方通行路の片側に車を寄せて止め、カメラ二台を手に降りたった。

ホテル「アイ」は白塗りの、比較的新しい建物だった。現代風というか、やや子供じみた、メルヘンタッチの造りをしている。

救急車が、パトカー四台に交じって止まっていたが、動くようすはない。明らかに犯罪の被害者と思《おぼ》しき死者が確認された場合、救急隊員も死体には触れられない。おそらくひきあげるはずだ。

パトカーがホテル「アイ」の入口周辺を塞ぎ、それをとり巻くように、十数人の野次馬の姿があった。

制服警官がふたり、緊張した表情で、入口前に立っている。

私は広角レンズをつけ、高感度フィルムを入れたカメラで、そこに近づきながら撮影を開始した。

まず野次馬の全員を、角度を変え、全員の顔がおさまるように撮影する。つづいて、ホテル「アイ」の周辺を撮りながら、捜査一課と、鑑識の車輌が到着するのを待った。

おそらく、先に現場に到着した警官たちも、殺人事件ということで、捜査一課の捜査員がつくまで、手を出さずにいるだろう。

捜査一課の、グレイと白のセダン二台が到着したのは、私がついてからおよそ五分後だった。

グレイの後部席から、大柄でごま塩の髪を短く刈った、スリーピースの男が降りてくる。スリーピースはいつもと同じ紺だ。

この男が紺以外のスーツを着けている姿を、私は見たことがない。

白い手袋をはめながら六人の男たちを率いて、ホテル「アイ」に入ろうとする姿を、私はカメラにおさめた。

男はフラッシュに気づき、鋭い目でこちらを見た。額から左目の眼尻《めじり》にかけて、白っぽい傷跡がある。

その傷がまだ生々しく血を噴きだしているところを、私は撮ったことがある。

一年二ヵ月前、情婦を一升壜《びん》で殴り殺したシャブ中の板前を逮捕するときに、柳刃包丁で切られたのだ。

「どぶさらいか……」

男は口を曲げると吐きすてた。私はカメラをおろした。カメラを手にしたまま、うしろ向きに歩きながらいった。

「俺の方が早かったな、鹿屋班長」

「失《う》せろ、といっても、ゴキブリにいうだけ無駄か」

鹿屋は低い声でいって、視線をホテルの入口に向けた。その目は、もう、完全に私を無視していた。

私は返事代わりに、そのうしろ姿を、野次馬も含めて、何枚か写真におさめた。

時間の経過とともに野次馬の数はふくれあがっていった。野次馬の大半が、このホテル街を訪れたカップルだった。

私は死体が運びだされるのを待ちながら、ときおり、そうしたカップルたちの姿をも写真におさめた。

中に、若い二十《はたち》そこそこのカップルがいて、男の方が私に歩みよってきた。大学でラグビーかアメフトでもやっているのか、いい体つきをしている。娘の方はミニスカートをはき、とろんとした目つきだ。

「よう、おっさん、なんで俺たちの写真撮るんだよ」

野次馬が数人、ふりかえった。若者はジーンズにアロハシャツを着ている。見張りの警官は、まるで聞こえなかったかのようにそっぽを向いていた。

「ふざけんなよ、フィルムだしな」

若者は右手をつきだした。癇癪《かんしゃく》をおこした子供のような目つきをしている。

「悪いね、これも仕事なんだ。あんたたちの顔はでないようにするからさ」

私は首をふった。

「そんなこといってねえよ。フィルムだせってんだよ」

若者は居丈高《いたけだか》になっていった。今では野次馬の半数近くがこっちを見ている。

「わかった。じゃあ、こっちで話そう」

私はいって、若者を隣のホテルとの狭い路地に誘った。

私の身長は一七〇センチそこそこで、体重も七〇キロに満たない。若者は暗い路地で、のしかかるように私を見おろした。

「なめんなよ、おっさん。痛い目あわしてやろうか」

私は無言で連れの娘を見た。娘の方は、若者に右手を預けるようにして、夜空を見あげている。仲裁はしてくれそうにない。

ガムをかむ動きが頬にあった。

「犯罪現場の写真を専門に撮ってるんだ。アメリカにもいて、ブルース・ウィリアムズっていうんだけど知ってるかい？　けっこう有名だぜ」

私はいって右手をポケットにさしこんだ。

「とぼけたこといってんじゃねえよ。フィルムだせよ、早く」

「駄目かな、仕事なんだよ」

私は懇願するようにいってみた。

若者は舌打ちしてあたりを見回した。太い左腕がさっとのびて、私の襟をつかんだ。

「だせっていってんだろう、この野郎。怪我《けが》したいのかよ」

酒の匂いが息にかおった。

「わかった、わかったから、殴らないでくれ。暴力には弱いんだ」

「じゃあだせよ」

若者は拳で私の肩を突いた。

私は息を吐いて、広角レンズをつけたカメラをとりあげた。カメラは二台とも、首から吊るしてある。

フィルムを巻きとり、カバーをもちあげた。指先でフィルムをもちあげようとして、手がすべった。

乾いた小さな音をたてて、フィルムがアスファルトの上に落ち、ころがった。

私の手がそれを追おうとしたとき、娘が裸足《はだし》にはいたスニーカーの爪先でさっとそれを踏んづけた。

私は娘を見た。ガムをかむ頰に、今度は薄ら笑いがあった。

私は手をひっこめた。

娘がかがみ、フィルムを拾いあげた。若者に手渡す。

若者はそれを掌《てのひら》に握りこみ、いった。

「バーカ」

そして娘の肩に手を回すと、くるりと背を向けて歩きだした。

私は彼らがホテル街を下る道を遠ざかっていくのを見届け、右手を開いた。

もう一本のフィルムがそこにあった。

私が道に落としたのは、しゃべりながらポケットからつかみだした、ダミーのフィルムだった。

つまらないトリックだが、カメラそのものをとりあげられない限り、たいていはこの手でごまかせる。

空のカメラに新しいフィルムを入れ、ホテル「アイ」の前まで戻った。ちょうど、係員の手で死体が運びだされるところだった。

死体は担架にのせられ、毛布でおおわれている。

私はカメラをもちあげ、写真を撮りまくった。

死体が運びこまれたのは、グレイのワゴンだった。このあと監察医務院に運ばれ、司法解剖を受けるのだ。

ワゴンは制服警官の誘導を受け、野次馬の群れをくぐって走りだした。

私は再びカメラをもちあげ、シャッターを押した。

ワゴンを見送る野次馬の列、まだホテルの入口をのぞきこむ者、白っぽい顔つきで身をよせて話しあう近所の住人。

私のカメラは、周辺にいる人間すべてをレンズにとらえ、フィルムにおさめた。

2

芝浦のマンションに戻ったのは、午前一時過ぎだった。駐車場に車を止め、私は八階にあがった。

リビングルームの隅に、古い大型の耐火金庫がある。この部屋の前の住人、電話や車を担保にして高利貸しをやっていた老人が出ていくとき、おいていったものだ。

老人は広島《ひろしま》県出身で、商売を閉じ、故郷でひっそりと暮らす、といっていた。私はその老人と、「ポット」という飲み屋で知りあったのだ。

金庫に撮影ずみのフィルムをおさめた。たぶん私もこの部屋を出るとき、同じように金庫をおいていくにちがいない。

灰色の、ところどころ塗装のはげた金庫は、いかにも古めかしく融通のきかない存在に見える。

作られたのは、三十年以上も前だろう。頑丈さだけがとりえで、どんなに体力がある泥棒も、この金庫だけは、かついでいく気持にはならないはずだ。

金庫の中に入っている品の大半は、これまでに撮影したフィルムのネガと、プリントの一部だ。

あとはわずかな書類、現金は一円も入っていない。

マンションは二DKで、そのダイニングともうひと部屋を、リビング兼事務所として使い、残るひと部屋を寝室にしている。ダイニングの一部は、家主に文句をいわれない範囲内で、現像室として使えるような改装を施してある。

バスルームに入り、シャワーを浴びた。撮ってきたフィルムを現像する気力は正直いってなかった。

シャワーを浴び終えた私は、Tシャツとジーンズを着け、部屋をでた。

芝浦一帯が、ウォーターフロントとして脚光を浴び、若者向きのディスコやライブハウスが建つようになってから、このあたりもけっこうタクシーの空車が拾いやすくなった。

とはいっても、たいていは、そういった店に客を運んだあとの帰り車で、そうそう流しの空車が走っているわけではない。

数分立って待ってみたが、今夜は運には恵まれなかった。空車は通りかからず、私は芝浦運河に沿って歩きだした。

一帯は、住居用建物が少なく、まだまだ倉庫や管理施設などの建築物が多い。夜間の人口密度という点では、東京でも指折りの低さではないだろうか。

運河沿いに植えられた柳の枝が、あるかなしかの風を受けてそよいでいるのが、食品倉庫の水銀灯の明りで見えた。

あたりは静かで、首都高速を走る車の音が、他のすべての騒音を吸いこみ、独特の振動音のような音響となってふってくる。それ以外の物音はいっさい聞こえない。

早足で十五分ほど歩くと、目的の場所が見えた。

運河につきだすように建った、古い木造の二階家を改装した店だ。

「POT」という店名が、古くなったコーラの看板に点《とも》っている。

道路沿いには窓はまったくない。看板のほかは、ふつうの民家のような木の扉がはまっているだけだ。

そのノブを引いて、扉を開いた。

横にのびたカウンターが目に入った。その奥は、ちょうど中央に酒棚があり、左右が運河を見おろす窓だ。

カウンターにはストゥールが十ほど並んでいる。あとは四人がけの安物のボックスがひとつと、ジュークボックスが一台だ。ジュークボックスは何年も前から壊れていて、かけられる曲は四曲しかない。

カウンターの内側にいた片腕の男が、私を見て、無表情で頷《うなず》いた。

男はこの店のオーナーで、二階で暮らしている。二階には妻もいるらしいが、その姿を私は見たことがない。

男は緑色の、肩章のついたシャツを着け、右袖を中途で折って安全ピンで留めていた。シャツの下はカーキ色のスラックスだ。シャツもスラックスも、いつもきちんとプレスされている。

たまにビニールの黒いエプロンを前にかけることはあるが、たいていプレスしたシャツとスラックスの組みあわせだ。シャツの下は純白のTシャツで、真夏でも真冬でも、それは変わらない。

髪はポマードを使ってきちんと七・三になでつけられている。決して襟足や耳にかかることのない長さで切り揃《そろ》えられ、片腕がないことをのぞけば、いつも血色のいい肌と、よく通る声をして、体育の教師といった雰囲気だ。

目は切れ長の一重で、どことなく剣呑《けんのん》な雰囲気を秘めている。

いわゆる「危い」タイプだ。ふだんは穏やかだが、暴れだすと手がつけられない――喧嘩《けんか》の相手だけはしたくない、場数を踏んだ人間であればあるほど、この男を見ると、そう思うようだ。

私はカウンターの左端から二番めに腰かけた。右から二番目は、ちょうど一席ぶんストゥールがどけられている。そこにはいつもきまった人間がすわるためだ。

今夜もその人間、〝福耳〟がいた。車椅子にすわり、度の強い眼鏡をときおり押しあげながら、運河を見つめている。

「ビールだ」

私はカウンターの中の男にいった。男はかがみこみ、カウンターの下の冷蔵庫からよく冷えた小壜とグラスをとりだして、カウンターにおいた。

カウンターは黒く塗られ、古くなった部分がところどころはげている。

私はビールをグラスに注ぎ、ひと口飲んで、〝福耳〟を見た。〝福耳〟は眼鏡の奥で、小刻みにいくども瞬《またた》きをしている。癖だった。

「オリーブ、いるか」

カウンターの男がいった。

「もらおう」

種を抜いた塩漬けのブラックオリーブが小皿に盛られて現われた。

「マーク」

〝福耳〟がいった。カウンターの男はふりむいた。

「あんた、水に浮かんだ死体、見たことがあるか」

〝福耳〟の声は、キイキイという歯車のきしりに似た、耳ざわりな響きを伴っている。

「ある」

しばらくたって、マークと呼ばれた、カウンターの男が答えた。マークは、マーシナリー（傭兵《ようへい》）が縮まったものだ。片腕は、中央アフリカのどこかで、地雷の破片で失ったと聞いている。

「だろうな」

〝福耳〟は声のトーンをおとしていった。目はまだ、窓の向こうを流れる黒い運河に向けられている。

「あんたはどうだ、メジロー」

〝福耳〟はそのまま、私に訊《たず》ねた。

「二度撮った。一度は揚がったところにいあわせたんだ。偶然な。きれいだった。もう一度は、行方不明になってから、揚がるまでずっと待ってて、撮った。そっちはひどかった。蟹《かに》が、な……」

〝福耳〟は横顔を私に向けたまま頷いた。

「そうなんだ、蟹が食うんだ。あいつら、海の掃除屋だからな。で、どっちが売れた？」

〝福耳〟は私の方を見た。

分厚い眼鏡のせいで、目が倍以上に大きく見える。

「あとの方さ」

「やっぱりな」

〝福耳〟は静かにいって、水割りのグラスをもちあげた。

「今日は、でたのか？」

「でた。渋谷のラブホテルで、筋者が撃たれたんだ」

「どこを」

〝福耳〟の目が広がった。

「知ってるんだろう」

私はいった。警察無線を傍受するキットを作ったのは、この〝福耳〟だ。警察無線だけでなく、自動車電話も、船舶無線も、ふつうの電話であっても、〝福耳〟は聞きとる技術をもっている。

〝福耳〟の住居は、この「ポット」から私の足で二分のところにある。中は電子部品と工具で足の踏み場もない。

〝福耳〟が自動車電話を盗聴する装置を作ったおかげで、大儲《おおもう》けした男がいた。株の仕手戦をくりひろげるふたつのグループのメンバーがゴルフ場に行き来するのを狙ってはりつき、自動車電話でのやりとりを盗聴しつづけたのだ。

おかげで株価の乱高下にあわせて、自分も同じ株を動かして儲けるのに成功した。

だがそのあと、同じ株の動きを怪しんだ、片方のグループの背後についていた広域暴力団が動いた。

もとが株屋だった男だが、その後の行方はつかめない。

夢の島のどこかに埋まっている、という説と、バンコクで優雅に暮らしているという説の、ふたつがある。

〝福耳〟が今も平和にここでこうして飲んでいられるのだから、たぶんあとの方だろう。

〝福耳〟の商売は、そのての機械の製作で、自分自身も住居にいるときは、絶えず、そういった通信に耳を傾けているのを、私は知っていた。

〝福耳〟は、にたりと笑った。笑うと、ほとんどの前歯を虫歯で失った、空洞のような口もとが露《あら》わになる。酒以上に、甘いものに目がないせいだ。

「死体、見たか？」

私は首をふった。

「鹿屋には会ったのか。鹿屋だろう、担当は」

「会った」

〝福耳〟は一度も鹿屋に会ったことはない。だが、傍受のせいで、警視庁の班長クラスの主だった捜査員の名はすべて知っている。その上、現場にでかけていった私から写真を見せられている。

「何だって、鹿屋は」

嬉《うれ》しそうに〝福耳〟はいった。

「別に。たいした話はなかった」

「一番乗りか？」

「ああ。たまたまラブホテルにいたのがカメラマンでなけりゃ、俺が一番乗りにきまってる」

「どうかな」

〝福耳〟はにたにたと笑った。

どういう意味だ、私が訊《き》きかけたとき、「ポット」の扉が開いた。

「車、そこに止めたけどいい？」

赤いスパンコールをちりばめたロングドレスを着た女が中をのぞきこんでいった。肩と豊かな胸の半ばが露わになっている。

「ああ」

マークが頷くと、女は中に入って扉を閉めた。

「ハイ、〝福耳〟、ハイ、メジロー」

浅黒い肌はキメが細かく、声はかすれている。名前をシェリルという。二十六で、タイと日本の混血だ。十九までムエ・タイ（タイ式キックボクシング）の選手だったのだが、引退して性転換の手術を受け、女になった。今は赤坂《あかさか》のナイトクラブにつとめているが、四年前までは、ある故買屋の愛人兼ボディガードだった。

盗品の貴金属を専門に扱っていたその故買屋は、別の女とベッドにいたときに心臓発作をおこして死んだ。

黒い大きな瞳をもち、スタイルもよく、ベッドの上でもいい仕事をする、と本人はいっている。状況でごついボディガードを連れ歩けないような連中には、確かにうってつけだろう。

もとが「男」とは知らずに、愛人契約を申しでる客も多いようだ。だが、シェリルがベッドを共にするのはボディガードの契約を交した相手とだけだ。

契約は、旅行している間の三日間だけ、という場合もあれば、月単位のこともある。契約期間中は、ボディガードをつとめると同時に、望まれればベッドの相手もする。料金がどれほどかは知らない。

「今夜は客がつかずか、ん？」

シェリルが、私のひとつおいた隣に腰をおろすと、〝福耳〟が耳ざわりな笑い声をあげた。

「そういういい方嫌いよ。わたしは、店の客はとらないわ。マーク、ブランデーソーダ」

シェリルは、〝福耳〟の方をふりむきもせずいって、こわきにはさんでいた銀色のバッグからメンソールの煙草《タバコ》をとりだした。

「じゃ」

マークがブランデーソーダの入ったグラスをおくと、シェリルはグラスを軽くもちあげてみせた。それにあわせて、私もビールのグラスをもちあげた。

「カッター、きた？　最近」

シェリルがマークに訊ねた。

「いや」

マークが答えると、

「そう……」

沈んだ調子でシェリルはいった。煙草に火をつけ、ルージュをひいた唇から細い煙を吐きだす。

「ねえ、カッターが今、どこの仕事をしてるか、知ってる？」

「知らん」

マークは短く答えた。知っていても答えようのない質問だった。シェリルにもそれがわかったのか、

「馬鹿みたい」

と、つぶやいて、グラスの酒を飲んだ。

「最近こないな、そういえば」

〝福耳〟がいった。

「もともと、しょっちゅうくる奴じゃない」

マークが無表情でいった。私はオリーブをひとつつまんで、皿をシェリルの前に押しやった。

「どうだい？」

「ありがとう」

シェリルが、唇にもっていった。白いきれいな歯がオリーブをかみ砕く。唇には肉感的な厚みがある。整形で頰骨を削ったせいで、口もとに、淫蕩《いんとう》さを感じさせるふくらみが加わった。

もとが「男」であることを、知らない人間は絶対に見破れないだろう。

「〝福耳〟」

シェリルが物思いにふけっているので、私は立ちあがって、〝福耳〟の横に移動した。

「何だい？」

「さっき妙なことをいったな。俺が一番乗りとは限らないとか、どうとか」

「ああ」

「どういう意味だ？」

〝福耳〟は私を見あげた。唇をすぼめ、どういおうか考えているようだ。

「あんたみたいなカメラマン、ほかにいるか？」

「犯罪や事故現場専門の、か？」

「ああ」

「いない」

私は言下にいった。写真週刊誌には、よくそのての写真がのるが、カメラマンたちは、専門に、犯罪や事故現場を追っているわけではない。そういう事故や犯罪はいつ起きるかわからないいし、それを待っていたのでは、ふつうのプロでは干あがってしまう。

私も、〝福耳〟の作った、あのキットと、毎月連載をしている雑誌があるから、やっていられるようなものだ。

カメラマンが、いくらカメラを手に始終街をぶらついているからといって、偶然、犯罪や事故の現場にでくわす確率はひどく低い。

それに、犯罪や事故現場の生々しい写真を喜んで掲載する雑誌も、今はそれほど多くない。

散らばった人体や、目をみひらいたままの死体、べっとりと広がった血のりなど、以前ほど週刊誌も喜ばなくなっている。

私が連載ページをもつ月刊誌「反世界」は、編集部が思想的に反体制志向ということもあって、かなり過激な、ゲリラ的ジャーナリズムを標榜《ひょうぼう》している。

名誉毀損などの訴訟ざたはしょっ中だが、それだけに安定した購読者をもっている。

警視庁からも、いくどか呼びだしを受け、編集長の阿仁《あに》などは、完全にマークされている。

そういう意味では、死体の写真などを平気で新聞にのせるアメリカなどとちがって、日本のジャーナリズムの世界では、私のようなカメラマンは、生きていくのが難しいのだ。

「商売仇《がたき》が出現するかもしれんぞ」

〝福耳〟はにやにや笑っていった。

「何だと?」

「これ以上知りたかったら、あとで俺を押していくと約束しろ。酔うと面倒くさいんだ」

「いいとも。話せ」

「同じキットを買っていったのがいる」

「俺のと?」

「そうだ」

「知らない奴か」

「ああ」

私は〝福耳〟を見つめた。〝福耳〟に限らず、この「ポット」にくる連中は、たいてい、人前では堂々と口にできない仕事で金を稼いでいる。シェリルがさっきマークに訊ねた、カッターなどもそのいい例で、仕事は文字通り、人を切ることだ。

アキレス腱《けん》を切って歩けなくしたり、目を潰して見えなくしたりと、殺しこそしないものの、人の体を不自由にするのを仕事にしているような男だ。

中には、自分で自分を襲ってくれ、と頼んでくる人間もいる。走ることが嫌になったのだが、周囲の期待が大きすぎて、引退しようにもできない、というマラソン選手がいた。カッターはその男が外苑《がいえん》で練習ランニング中、すれちがいざまに、片脚の筋を切った。

頼んだ本人ですら、それがカッターの仕業だとは気づかぬ手際のよさだったそうだ。もくろみ通り、その男は惜しまれて引退し、周囲の同情がこもった引きを受けて、監督の座についた。一流企業の陸上部のだ。

ほかにも、「ポット」にはクスリの売人や、美術品専門の密輸屋など、ふつうではない客ばかりだ。名前も、私を含め、本名を名乗る者はひとりもいない。

そういう連中は、新聞や電話帳に広告をだしているわけではない。おいそれと客を街で見つけるのは不可能だし、客の素姓には神経質なほど気をつかう。

たいてい、きちんとした紹介者や仲介人がいなければ、客と会うことすら拒む。中には、仲介人がいても、仕事の依頼と報酬のやりとりをすべて仲介人にやらせ、自分はいっさい、客と会わない者もいる。

〝福耳〟の仕事も、警察や麻薬取締官事務所などの無線傍受や盗聴器などの製作をしている以上、そう簡単に客は選べないはずなのだ。

なのに知らない人間に、〝福耳〟は私に売ったのと同じ、警察無線の傍受キットを売ったのだ。

「なぜだ、金か？」

私は訊ねた。

「それもある。あんたに売った二台分のと同じだけの金をその客は払った」

私は〝福耳〟の襟をつかんだ。

「じゃあ、あとは何だっていうんだ!?」

〝福耳〟の口もとから、いらつくにやにや笑いが消えた。目に恐怖の色が浮かぶ。

「は、離せよ」

「やめろ、メジロー」

マークが低い声でいった。音もなくカウンターの内側を移動し、私と〝福耳〟の向かいに立っていた。

私は〝福耳〟の襟から手を離した。

「ここでもめごとは御免だ。わかるな、メジロー」

マークが低いが、ハッキリとした口調でいった。

「わかった。〝福耳〟、送ってくぜ」

私はいった。〝福耳〟は首をふった。

「いやだ。まだ俺はここにいる。メジローが帰りたいなら、勝手に帰れ」

送っていった私に痛めつけられるのではと、警戒しているようだ。

「俺が悪かった。もう嚇《おど》さん。だから教えてくれ」

私はいった。

〝福耳〟は唇をなめた。

「じゃあ教えてやるよ。その女は、俺のことをどこかで調べてきたんだ。誰から聞いたかはいわなかった」

「女？」

私は驚き、同時に胃のあたりがすっと冷たくなるのを感じた。

「どんな女だ」

私は〝福耳〟に訊ねた。マンションの金庫の中にある、何枚かのプリントのことが頭に浮かんでいた。

ネガをひきのばし、焼きつけたものだ。私が犯罪現場での写真を撮りつづける過程で見つけようとしている、ひとりの女。

私がこの仕事を始めるきっかけを作った、あの女。

だが、そんな筈《はず》はない。あの女が、〝福耳〟のキットを必要とする筈がないのだ。なぜなら、あの女は――。

「ハンパじゃない女だ。そのへんの男なら片手でかたづけちまうだろう。ありゃあ、女とはいえない。ブルドーザみたいだった」

私はマークを見た。マークも眉をひそめていた。

「それはシェリルみたいな女だってことか」

「ちがう。そんなに色っぽい代物じゃない。それに作り物でもない」

「〝福耳〟、言葉に気をつけなよ」

かたわらで耳をそばだてていたシェリルが警告した。シェリルの弱みは、その美しさだ。自分の美にこだわりすぎる。そのことが、いつか、シェリルに誤った選択をさせるだろう、とマークはいっていた。

一流のボディガードが選択ミスをすれば、そのときは、自分か依頼人の死が待っている。

「す、すまない。メジローが嚇かすからだよ」

〝福耳〟はあわれっぽくいいわけをした。

「とにかく、あれは女だ、そいつはまちがいない。だが、俺がいいたかったのは、女を捨てってことなんだ。何ていや、いいんだ、要するに兵隊みたいなのさ」

「日本人か」

「俺にはそう見えたし、日本語を話していたよ。日本語がわからなけりゃ、意味がないからな、俺のキットは。

だけどよ、でかいハジキをもってた。ごついハジキだ。それもバッグじゃなく、腰に吊るして」

「どんな銃だ?」

マークが訊ねた。〝福耳〟は首をふった。

「俺に銃の種類なんかわかりっこないだろう。とにかく四角くて銀色に光ってる銃だった」

「身長や髪型をいえ」

「背はそんなに高くない。メジローより低い。髪は短かった。男みたいに、刈りあげていた」

「年齢は」

「わからねえ。三十歳か、もう少し、上かもしれん。よく陽《ひ》に焼けてた」

「東洋系なんだな」

〝福耳〟は頷いた。

私は浮かしていた腰をおろした。まったく心あたりのない女だった。

「マーク――」

私の問いに、マークは首をふった。

「俺にもわからん。だが婦人警官てことはないだろう」

「ごつい銃をもってて、男でもたたんじまいそうなタフな女だと。聞いたことがないぜ」

私の言葉にマークも頷いた。

「それに、なぜその女は、〝福耳〟のキットを欲しがったんだ」

「俺はてっきり、メジローと同じ商売を始める気だと――」

〝福耳〟がいった。

「じゃあ、銃は何なんだ。いいか、お巡《まわ》りがうようよいる犯罪現場にいくのに、銃なんかもっていってみろ。いちころでパクられるぞ」

私がいうと、〝福耳〟は黙った。

「殺し屋よ。刑事《デカ》の誰かを消そうとしてるんだわ」

シェリルがいった。

マークはシェリルを見た。シェリルは落ちついた表情でオリーブをかじっていた。

「刑事を消すんなら、現場で待ちかまえてるのが一番よ」

「だがひとりじゃないぞ」

「目星をつけるにはいいわ。桜田門《さくらだもん》の前で待っているよりは、いいんじゃない」

「刑事でも平気で殺すような奴はそうはいない」

「そうね。九州のボート屋、神戸《こうべ》の中国人《チャイニーズ》、大阪の浜岡《はまおか》と堺《さかい》のコンビ、あとはこっちじゃあ、例のフクロウぐらいかしら」

シェリルは指を折って数えた。

「フクロウか」

マークが低い声でいって、ミネラルウォーターの壜を口にもっていった。

「迷ってるの」

ぽつりとシェリルがいった。

「ひょっとしたら、フクロウとやる羽目になるかもしれない」

「やめとくんだな」

ひと口飲んだマークが壜をおろしていった。

「フクロウとじゃ勝ち目がない」

「そんなにいい仕事するの？」

「仕事については知らん。だが、顔も知られてないし、ひとりかふたり、あるいはそれ以上のチームなのかもしれん。しかもフクロウは、銃も使う。いくらお前さんでも、勝負にならんぞ」

　シェリルは唇をかんだ。

「嫌な奴なんだけど、断われない理由があるの」

　シェリルに契約をもちかけた依頼人のことらしい。

「カッターに仲間に入ってもらえないかと思って訊いたのよ」

　マークは首をふった。それが、カッターの居場所を知っていても教えられない、という意味なのか、カッターは引きうけないだろう、という意味なのか、私にはわからなかった。私は訊ねた。

「相手がフクロウだとわかってるのか」

「わかっちゃいないわ。ただ、わたしの依頼人を消したがってるのは大物なの。金ならしこたまもってるらしいわ」

「何者だい」

〝福耳〟がいった。シェリルは皮肉な笑みを浮かべた。

「それはいえない」

　たとえ「ポット」でも、具体的な名前は口にしない。それが、シェリルやカッターが生きる世界のルールだった。

「フクロウだと思ったら、さっさと降りろ、シェリル。悪いことはいわん」

マークがカウンターに墻をおき、いった。

「できればね」

シェリルは虚《うつ》ろな目でカウンターを見つめている。

私は立ちあがった。

「帰るよ。シェリル、会えて楽しかった。長生きしろよ」

「あなたもね、メジロー」

「ポット」で会う客は、この次、いつ会えるかわからない者ばかりだ。追われたり、殺されたり、いつ、どんなときであっても、これが最後、という可能性をもっている。長生きしろよ、というのは、「ポット」の客どうしの別れの挨拶だった。

「〝福耳〟、送ってくぜ」

私は〝福耳〟の車椅子の手すりをつかんだ。〝福耳〟もいった。

「ああ。シェリル、長生きでな」

シェリルはうつむいたまま、小さく頷いた。

私が「ポット」の戸口まで〝福耳〟を押していくと、シェリルがいった。

「ねえ、メジロー」

「何だ」

「もし、わたしを撮るときは、きれいに撮ってね」

私はマークを見た。マークは無言で私を見かえし、小さく首をふった。

「そんなことにはならんさ」

私はいって、〝福耳〟の車椅子で「ポット」の扉を開いた。

「そんなことには、な」

3

阿仁からの電話は、翌日の午後一時にかかってきた。

「阿仁だよ。渋谷の殺し、撮れたか」

阿仁は、酒を飲んだ翌朝は必ずそうなる、ひどいしゃがれ声でいった。

「撮った。きのうは遅かったらしいな」

「ひどいもんだ。うちの若いのが殴りあい始めやがって、仲裁し、仲なおりさせるために飲み直しする羽目になった」

「相手は」

「映画の脚本家だとよ」

「そろそろ新宿《しんじゆく》も卒業するんだな」

「ほかにどこにいけってんだ。銀座《ぎんざ》なんか死んでもいきたくねえし、下北沢《しもきたざわ》や六本木《ろっぽんぎ》はガキの街だ」

「酒、やめろよ」

「俺が酒やめたら、交際費使う奴がいなくなって、税金とられるだけだ。そのくらいなら、会社つぶしてやる」

「どうせたいした飲み代も使ってないくせに」

「うるさい。で、きのうはどうだったんだ？」

「鹿屋がきた。匂ってるのかもしれんな」

「例のだと思うのか」

「可能性はある」

「もう焼いたのか」

「まだだ」

私はいってキッチンを見やった。近くのコンビニエンスストアで買ってきたパンがオーブンで焼きあがる間に、きのうのフィルムの現像を開始するつもりだった。

「なら、うちで焼くか？」

「いや、俺のところでやって、ネガもってく」

「わかった」

「四時までにはいく」

私はいって、電話を切った。

阿仁は、遅版の朝刊で、円山町の殺しの一件を知ったのだろう。私が警察無線を傍受するキットをもっていることを、阿仁は知っている。

チン、という音がキッチンで鳴った。パンの方が先に焼けたのだ。フィルムはまだ現像タンクに漬けていない。

現像をあとに回すことにして、私はオーブンからパンをとりだした。パンといっしょに買った牛乳をデスクの上におく。

ささやかな朝食の始まりだ。パンの最初のひと口にかぶりつこうとしたとき、再び電話が鳴った。

ため息をつき、パンをおろした。ひどく腹が減っていた。今日は、いつも食べにいく喫茶店が定休日でコンビニエンスストアも混んでいた。カウンターで行列をして、ようやく手にいれた朝食だった。なのに、まだありつけないようだ。

受話器を耳にあてた。

「ゴキブリか」

聞き覚えのある声がいった。

「番号ちがいだ。駆除センターの番号を知りたけりゃ、保健所に訊いてくれ」

「ふざけるな。ゴキブリ駆除はこっちの仕事だ。メジローだろう」

「そうだよ、鹿屋班長」

「用がある。一時間たったら、そこにいく。でかけないで、いろよ」

鹿屋の声はいらついていた。

「どうしたんだ、班長。捜査会議で吊るしあげくらったのか。誰でもいいから犯人をみつくろってこい、と」

「きいた風な口きくんじゃねえぞ。ガサ入れかけて、お前のオモチャ、ひっぱがしてやろうか。お前がそこに生意気な道具をもってるのは知ってるんだ」

「そんなに嚇していいのか。手が震えて、きのうのフィルム、パーにしちまうかもしれんぞ」

「やってみろ。本当にパクってやるからな」

鹿屋はすごんで一方的に切った。

ようやくのことでパンにありつき、考えた。鹿屋が用のあるのは、昨夜、私が撮ったフィルムだ。つまり、きのうの殺しが、鹿屋が長いこと追っているほしの犯行だというのを証明している。

地取り（聞きこみ）などから、判明したにちがいない。

とすれば、現像を急いだ方がよかった。私はパンの残りをあきらめ、牛乳を流しこんで立ちあがった。

一時間後、ドアチャイムが鳴ったとき、私は暗室の中にいた。ちょうど定着のあとの水洗いが終わり、ネガをクリップで乾燥のために吊るしている最中だった。

ドアを開けると、鹿屋がひとりで立っていた。紺のスリーピースは、きのうと同じものので、昨夜は捜査本部に泊まったことがわかる。

「あんたひとりか」

「ほかは下で待ってる」

鹿屋は不機嫌な口調でいって、私の肩ごしに室内を見回した。〝福耳〟のキットは、黒いビニールカバーをかけてあった。

鹿屋がここにくるのは二度目だった。最初のときは、外の喫茶店まででて、話をした。だが今日は、その喫茶店が休みだ。

刑事には不思議な習性がある。待ちあわせをすると、必ず相手の自宅や勤務先までやってくるのだ。どこか近所の喫茶店で、といっても、まず、相手の居場所まででかけていってから、その相手と話す喫茶店なり何なりに移動する。

たぶん、待ちあわせ場所が見つからなかった、とか、遅れたので待っていないと思った、などといって相手が逃げるのを警戒しているのだろう。それに、いつかパクるときのための、〝ヤサづけ〟にもなる。

「入ってくれ」

私はいって、彼を通した。

「ひとりか」

「ああ、じきでかけるつもりだったからな」

私はいってデスクの前に腰をおろした。鹿屋は、向かいのひとりがけのソファにすわった。彼と私の間に、ビニールカバーにおおわれた〝福耳〟のキットがある。

鹿屋は眠たげな目つきをしていた。もちろん演技だ。

「きのうの写真はもう現像したのか」

スーツのポケットからショートホープの箱をとりだし、灰皿をひきよせて、鹿屋はいった。

「まだだ。これから『反世界』にもってって、そこの現像室でやるつもりだ」

私は嘘《うそ》をいった。

「焼き増しをこちらに回してくれないか」

私は鹿屋を見た。鹿屋は無表情だった。

「フクロウか」

「地取りでな、マル被が黒服の髪の長い女と部屋に入るのを、受付の奴が見ている」

「フクロウだな」

「そうだ」

　鹿屋は頷いた。

「マル被は何者なんだ」

「花輪《はな》俊三《わしゅんぞう》、西の人間だ。表向きは看板をあげてないが、大阪の梶《かじ》一家の新宿出張所の責任者だ」

「でかいのか、梶一家てのは」

「のび盛りだ。花輪ともうひとり、肥田《こえた》というのがいて、ふたりで競ってでかくしたらしい。親分の梶がひと月前入院した。癌《がん》でな」

「跡目争いか」

「肥田は、昨夜、大阪のホテルであったパーティに出席したのを目撃されてる。もちろん、アリバイを作るためだ」

「ずいぶん教えてくれるじゃないか」

　鹿屋は太い指でショートホープの箱を開き、一本とりだした。トン、とカバーのかかったキットで火先を詰め、口にもっていった。

「肥田と花輪は、水と油だった。肥田が大学中退の切れ者で、政治家にすりより、表稼業の金貸しや不動産屋もうまくこなしているのに比べると、花輪は高校中退、特攻隊からなりあがったような、ケンカしか能のない野郎だったそうだ。肥田はエンコ（指）がそろってるし、花輪にはない。だが花輪は、頭を肥田に任せられるほどの器量もなかった。つまり、能もねえくせに仕切りたがりだったのさ」

「やけに死人につらくあたるな。知っていたのか」

「いや、府警からのうけうりだ。ただ、ここで花輪が死ななけりゃ、花輪の方から肥田にケンカを売ったろうって噂《うわさ》だ」

「そこで肥田が先手をうったと」

「そういうことだ。切れ者の肥田は、自分のところの人間を使わず、後腐れのない外のプロを使った」

「地取り以外で、フクロウの仕事だとわかるものは？」

「喉だ。まず、心臓を撃ったあと、喉を撃っている。こいつは、フクロウのパターンだ」

私は頷いた。

「ほかに目撃者は？」

「いない。いつもと同じだ。黒服の髪の長い女。そいつがフクロウなのか、フクロウの手びきなのか、その女が現われると、ホトケのあがりだ」

フクロウという渾名《あだな》は、その黒衣の女が、夜にしか現われないことからついたものだった。

「俺は見かけてないぜ」

私はいった。フクロウには、黒衣の女と並んで、ある伝説がある。それは、必ず、犯行直後に現場に戻って、自分の仕事の結果を見届ける、というものだった。ときには、黒衣の女が野次馬の中に交じって立っていた、という噂もあった。

「お前は見なくても、カメラは見ているかもしれん。レンズは、人間より几帳面《きちょうめん》だからな」

鹿屋は煙を吐きだしていった。

「俺は警察専属のカメラマンじゃない。そんなに写真が欲しけりゃ、現場を毎度撮らせりゃいいんだ」

私はいった。鹿屋が怒るかと思ったが、案に相違して落ちついていた。

「それも検討しているところだ。だが放火とちがって、通報があった時点では、殺しがフクロウの仕業かどうかはわからんだろう」

放火の場合、犯人はまずまちがいなく、騒ぎになった現場に戻り、野次馬を装って、自分の仕事を楽しむ。警察はその野次馬を密《ひそ》かに撮影して、同地区で連続した事件のものと照合するのだ。当然、同じ顔がうつっていれば、怪しい、ということになる。

「じゃ、あんたがカメラマンになったらどうだ」

「協力しないってのか」

「俺の仕事は、殺しのほしをあげることじゃない。写真を雑誌に売ることさ」

「令状とって吐きださせてもいいんだぞ」

私は笑いだした。

「おいおい、明らかに犯罪の証拠写真、というわけでもない代物に、裁判所が令状だすと思うのか」

鹿屋は口を閉じ、私をにらんだ。

「後悔するぞ。俺はお前に手のうちの情報《ネタ》を提供した。お前はひきかえに何もよこさない気か」

「俺が教えてくれといったわけじゃない。あんたが頼みもしないのにここにきて、ペラペラと喋《しゃべ》ったんだ」

今度こそ、鹿屋の顔色がかわった。

「このどぶさらいが！　踏みつぶしてハラワタぶちまけさせてやろうか」

「やりたきゃやれよ。フクロウをパクれないのは、あんたたちがドジなだけで、俺が協力しないからじゃないってことを、よく考えてからな」

鹿屋がぐっと唇をかみしめた。荒々しく立ちあがる。そのまま無言で玄関まで大またで歩いていった。

ドアノブに手をかけ、さっとふりかえった。

「足もとに気をつけておけよ、メジロー。フクロウが現場に戻るっていやあ、お前もいつも現場にいるんだからな。考えようひとつで、手前《てめえ》を本気でかむぞ」

私は黙って鹿屋を見つめた。鹿屋は、私からの返事がないと知ると、ドアを音高く閉め、立ちさった。

4

月刊「反世界」の編集部は四谷《よつや》にあった。編集部といっても、編集長の阿仁を含め、専従スタッフは総勢七人というこぢんまりしたものだ。

雑居ビルの四階を三つに分けて使っている。一室が編集部、一室が暗室を含む現像室、もうひとつが阿仁が「梁山泊《りょうざんぱく》」と呼んでいる泊まり部屋だ。「反世界」は、私のような、外注のカメラマンやライターも数多く使っていて、そういう連中が編集部に泊まりこんで仕事をすることも少なくない。また、スキャンダラスな写真を撮ったから、という読者からのもちこみもあるので、それらに対応するため、現像室を設けてあるのだ。

私が編集部に入っていくと、阿仁は、ワイシャツの袖をまくりあげた姿で電話をしている最中だった。私に片手をあげ、空いたデスクのひとつにすわるよう指示する。

デスクは全部で十あり、社員外でも使えるよう、数をそろえてあった。ほかにも「梁山泊」に四組がある。

阿仁は、五十半ばで、真っ白い大量の髪と黄色いべっこう縁の眼鏡にまず目がいく顔だちをしている。本人は、大宅壮一《おおやそういち》に似ている、といいはっているが、ドン・キングという説もあって、むしろその方が近いようだ。

阿仁のほかのスタッフは、四十以上は少なく、私のような三十代初めや二十代が大半を占めている。

阿仁はもともと大新聞社の社会部デスクをやっていた人間だったが、憶測を嫌い、事実のみを羅列してよしとする、その社風に反発してとびだした。

ジャーナリズムから、邪推や憶測をとったら何が残る、が阿仁の口癖だった。真実だって、報道のしようでは、善玉、悪玉の位置が、くるりといれかわるのだ。それを恣意《しい》的にやっておいて、公正な報道を標榜するのが、現在のマスコミのほとんどだ、という。

だからとことん、邪推、憶測をおこない、そのウラをとるためには、どんなあざとい取材でも辞さない。それが、月刊「反世界」のやり方だった。

おもしろいのは、スタッフのうちわけで、左翼系の活動家出身のみならず、右翼や自衛隊崩れ、かわり者ではアメリカ人の宣教師出身者までが含まれている。エラリーというのが本名なのだが、縮めて「エル」と呼ばれている。三十歳ちょうどで、私とほぼ同じ世代だ。エルが、布教活動のどこに失望して、このゲリラ雑誌に身を投じたかはわからないが、白人そのものの外観と、読み書きも含むその達者な日本語で、「反世界」の重要な取材戦力になっている。

「ハイ、メジローさん。きのうはいい写真、撮れました？」

そのエルが、デスクの上においた、ワープロの画面から目をあげて訊ねた。

「たいしたのはなかったな。ただ、捜一は、フクロウの仕事だとにらんでる」

エルが口笛をふき、目を丸めて首を左右にひょこひょこ傾けてみせた。

「でたあ。アウル《フクロウ》！　黒衣の謎の女殺し屋！　ハリウッドもまっ青」

私が笑うと、エルは人差し指で私を狙い、

「プシュッ、プシュッ」

と撃ってみせた。

「お疲れ。どうだい、何かでたかい」

阿仁が電話を終え、立ちあがった。

「鹿屋がでたよ。さっき、俺の部屋におしかけてきて、写真を渡せとすごんでいった」

阿仁の表情がさっとひきしまった。

「おおい！　現像室、今使ってるか？」

「いや。誰もいません」

二十六のスタッフ、金谷《かなや》が答えた。

「よし。じゃ、そっちで話そう」

阿仁は灰皿を手に歩きだした。

現像室に入ると、明りをつけ、パイプ椅子をひきよせて、向かいあった。

「ネガは？」

「ここにある。野次馬の中にそれらしいのはいなかった」

「大きくひきのばしてみたのか」

「まだだ。ざっとルーペであたっただけだから、見落としているかもしれん」

カーテンを閉めきった現像室には薬液の匂いがこもっていた。ここに入ると、私はいつも小学校の理科室を思いだす。もっとも、薬液の匂いは、私の部屋にも染みついているが。

阿仁は脚を組み、煙草に火をつけた。

「渡すのか、鹿屋に」

「いや、断わった。パクってやると嚇されたよ」

「相当、カリカリきているようだな。今年に入って何件だ、フクロウの仕事は？」

「三件だ。わかっているだけで。きのうの円山町、先々月の青山骨董《こっとう》通り、それにたぶんだが、山形《やまがた》の山林王」

青山骨董通り、というのはそこで有名な輸入ブランド商品を扱っていた女実業家が、ブティックの閉店後、強盗らしき犯人に殺された事件だった。閉店直前、黒衣の髪の長い女が客として入ってきたのを、従業員が見ている。

その女実業家は、四十代半ばのやり手だが、コカイン密輸にからむ噂があって、麻薬取締官事務所が内偵を始めた矢先だった。

山形の山林王とは、山形県の大地主の倅《せがれ》で、どうしようもない女好きの放蕩息子《ほうとうむすこ》が、月に一度の東京遊山にでかけてきて、新宿のラブホテルで死んでいるのを翌朝、発見されたものだ。

死因は急性心不全で、警察の調べで薬物の取りすぎが原因とわかった。自主的に摂取したのか、無理に飲まされたのか、いっしょにチェックインした黒衣の女を捜したが、見つからずじまいで、こちらは殺人と断定できずにいる。

「――やけに働くと思わんか」

阿仁の言葉に、私は頷いた。

「この調子ではそのうちパクられるだろう。確かなことはいえないが、近ぢか、別の仕事をする可能性もある」

私の言葉に、阿仁は眉を吊りあげた。

「いったい、そりゃ何だ？」

「今はいえん。もう少しすれば、はっきりするだろう」

シェリルの話が頭にあった。

「鹿屋は本気でお前さんをパクるつもりなのか」

「わからんな。だが俺が、警察無線を傍受する機械をもっているのは知っている。それをいいがかりにしてくる可能性はある」

「お前さんのことを調べると思うか」

「そんな暇があるかな」

阿仁はじっと私を見つめた。私の本名を阿仁は知っている。そして、私がなぜ、この仕事をしているかも、阿仁には話してあった。

「気をつけないと、お前さんのことが、バレバレになるぞ」

「ああ」

「鹿屋とお前さんと、どっちが早く、フクロウに辿《たど》りつくだろうな」

「俺のほうが先だ。フクロウは、鹿屋につかまるほど間抜けじゃない」

「お前さんがフクロウを追っていることを、鹿屋は知っているのか」

「いや。だが、フクロウの写真を俺がおさえているかもしれない、とは思っているだろうな。だからこそ吐きださせたいのさ」

正確にいえば、私が追っているのは、フクロウではない。フクロウであるかもしれない、髪の長い、黒衣の女だ。

「鹿屋は意地になっている。フクロウをパクって、出世したいのかもしれん。フクロウは、プロとしちゃ、東日本で一番だからな」

　私がいうと、阿仁が眉をひそめた。

「そういえば、会ったらいおうと思っていたことがあった。ボケてきたらしい、俺も」

「二日酔いのせいだろう。何だ？」

「フクロウがハワイでも仕事をしていたらしい、って話だ」

「ハワイで？」

「この正月、ハワイで不動産取引にからんだ殺しがあった。殺されたのは、日系アメリカ人の開発業者だ。日本の大手不動産屋とコンドミニアムの建設を、モロカイで進めていてトラブったらしい。なんでも、こちらの景気が悪化してきて、日本側が手をひこうとしたのを、すでに自分のところの資本をかなり投下していた開発業者がそうさせまいとして、かなりもめたんだな。開発業者は、一匹狼《おおかみ》で、これで一発あてようと、そうとう入れこんでいたらしい。不動産屋の方は、金で手を打とうとしたんだが、頭にきたそいつは、ハワイ出身の日系下院議員にあれこれ泣きついた。下院議員の方は、調査委員会を作ろうかって話になったらしいが、ハワイのリゾート物件に関して、いろいろとクサい手を使っている不動産屋は、それであせった。

　殺される何日か前、その開発業者の自宅をレンタカーに乗った若い女が訪ねるのを、近所の人間が見たんだ。東洋系で髪が長く、黒いサマードレスを着ていたそうだ」

「フクロウだとすれば、雇ったのは、日本の不動産屋か」

「ハワイでもいろいろあこぎな真似《まね》をしているらしいが、殺しとなると、口の堅い日本のプロを使わざるをえなかったのだろうな」

「何ていう不動産屋だ？」

「辻本《つじもと》興産だ」

「ゴルフ屋の？」

阿仁は頷いた。辻本興産は、日本ではゴルフ場開発で知られ、つい最近も、ゴルフ場認可にからんだ贈賄容疑で、社員が逮捕されている。

「ますます仕事のしすぎだな」

阿仁はいった。

「引退する気なのかもしれん。荒稼ぎして、ぱっとな」

「そうなれば、また、手がかりがなくなってしまう」

私はぼんやりといった。

「とにかく、写真を選ぼうや」

阿仁の言葉に頷き、私はカメラバッグをひきよせた。

阿仁は、度の強い老眼鏡をシャツの胸ポケットからだしてはめた。私がバッグからとりだした紙焼きとネガを受けとった。

たとえ警察無線を傍受して駆けつけたといっても、昨夜のように現場が屋内である場合、記事として載せるには、さほど面白い絵柄の写真は撮れないものだ。

「これくらいかな」

昨夜撮った写真の大部分は、ホテル「アイ」の周辺に集まった野次馬のものだ。「反世界」の掲載用としては、被写体が野次馬ばかりでは弱い。

私がさしたのは、死体が担架で運びだされてくるところを狙ったものと、鹿屋以下、捜査一課の刑事たちが「アイ」に入っていく姿をとらえたものだった。

新聞やテレビなどでは、第一線の捜査員の顔がはっきりそれとわかる絵柄は多くない。私服刑事たちは、仕事上「面《メン》が割れる」のをひどく嫌う。特に、麻薬関係を捜査する保安課の刑事はそれが激しい。

新聞などのカメラマンが、かりにその顔を写していても、紙面に現場写真として載せることはまずない。万一、それをした場合、警察側からクレームがつくことはまちがいないし、悪くすると記者クラブなどに嫌がらせをされるからだ。

だが「反世界」では、警視庁の記者クラブに入っているわけでもないし、刑事の顔を掲載してはいけないと法が定めているわけでもないと、これまでも多く、刑事の写真を載せてきた。ただし、これは絵柄の問題であって、ただ刑事の写真を載せたとしても、それによって得をするのは、彼らの捜査の範囲内にいる犯罪者だけである。

「反世界」がいくら、反体制志向であるといっても、犯罪者の味方をしているわけではない。まして、「反世界」の記事によって、保安課の刑事が殉職するようなことになれば、警察は本気になって、私や「反世界」を潰しにかかるだろう。

そんなことは、阿仁も私も望んでいない。

従って、写真のテーマは、あくまでも「現場」であり、刑事ではない。現場としての臨場感が最もよくでている写真に、たまたま刑事が写っている、というものなのだ。それでも、新聞などには、まず載らない絵柄であることは多かった。

阿仁は、私がさした紙焼きをつぶさに眺め、いった。

「まあ、妥当だろうな。だが、まだちょっと弱いな。締めまでには、あと三日ある。いちおうこいつを入稿しておくが、それまでに新しいのがでたら、さしかえも考えよう」

「それでいい」

私は頷いた。

「帰ったら、ひきのばすのか」

私がネガを片づけ始めると、阿仁が訊ねた。

「いちおうな。ひょっとしたら隅っこに写っているかもしれん」

「もし写っていたら、連絡をくれ」

　私は手を止めて、阿仁を見た。

「使う気なのか」

「いや、そんなことはせん。やったら、俺やお前さんが危くなる」

「喜ぶのは、鹿屋だけだ」

「だが、フクロウの仕事が、今年に入ってから多すぎるのが気になるんだ」

　阿仁は老眼鏡を外し、いった。

「全部が全部、フクロウと決まったわけでもないだろう」

「とにかく、何か面白いものがでてきたら、連絡をくれ」

「わかった」

　私はいって、カメラバッグを手に、立ちあがった。

「寄るのか？」

　阿仁が現像室のドアに向かって歩きながら訊ねた。

「寄る」

　私はいって、編集部へと通じる廊下にでていった。

5

阿仁に私が寄る、といったのは、青山墓地のことだった。

四谷の「反世界」の編集部のあるビルの前に止めておいたバイクにまたがった私は、青山墓地まで走った。

青山墓地の中ほどに、私のめざした墓がある。

バイクを止め、降りたったのは、午後六時過ぎだった。

東京のまん中にあるといってもいい青山墓地だが、その中心部ともなると、濃い緑にさえぎられてか、ひっきりなしの車の走行音すらも聞こえない静けさだ。

たてられてから十二年を経た墓石は、まだそれほど黒ずんではいない。渋谷の方に落ちかかる夕陽の残照をうけて鈍く輝いている。

「白戸《しらと》家之墓」

墓石にはそう刻まれている。供えられた花は、古びているが見苦しいほど傷んでいるわけではない。

花は、だいたい月に一度はとりかえられているようだ。

この墓石の下に、私の両親が眠っている。彼らが死んだとき、私は日本にいなかった。

その死には、さまざまな意味で衝撃をうけたが、十二年たった今、死そのものに対する感傷は残っていない。が、解かなければならない疑問はある。

しばらくの間、私はそこにたたずんでいた。私は、ここに来ると、いつも少しの間、こうしてたたずむことにしている。

それは、いわば、網を張っている行為に近い。ここで待つことによって、ひょっとしたら、私が会わなければならない、そして会って話さなければならない人間と、出会えるかもしれない、と思うからだ。

やがて陽がかげり、乾いた空気は、きのうとうってかわって肌ざむさを感じさせるほど冷えてきた。

私は墓石を縫って歩き、止めておいたバイクまで戻った。そのあたりには、空車の赤いランプをつけたタクシーがずらっと並んでいる。

やがて始まる深夜のかきいれに備え、仮眠をとる運転手たちが止めているのだ。

暗くなるに従い、一台、また一台と、彼らは夜の街にくりだしていく。連中の家族が、あるいは今日乗せる客の家族の誰かが、この青山墓地で眠っている確率はどのくらいなのだろうか。

私は止めたバイクにまたがり、煙草を吸いながら、ぼんやりと考えていた。

夕食をとり、芝浦のマンションに七時半に戻った。駐車場にバイクをおき、エレベータで八階まであがる。

玄関の扉を開けたとき、まず違和感を感じた。

それが何なのかは、すぐにはわからなかった。リビングルームの明りをつけ、私はしばらくそこに立っていた。

部屋の中に、特にかわった点はなかった。

荒らされているわけでもない。

隅にある巨大な金庫、半分開きかけた暗室のアコーディオン扉、デスク、その上のカバーをかけた〝福耳〟のキット——。

私は瞬きをした。

わずかだが、キットのビニールカバーの端がめくれあがっていた。

鹿屋の訪問に備え、私はキットにきちんとカバーをかけておいた。鹿屋が帰ったあと、「反世界」の編集部にでかける仕度をする間も、それには手を触れなかった筈だ。

ゆっくりと息を吸いこんだ。

靴を脱ぎ、音をたてないように室内にあがった。デスクのかたわらに、三脚が何組かおいてある。そのうちのひとつを手にとった。

ツヤ消しの黒に塗られた脚の一本に、黄色いテープが巻きつけてある。

その一本をゆっくりとひねって、本体から外した。本体も含め、三脚はアルミでできているが、その一本だけが手にとるとずっしり重い。中の空洞部分に鉛を流しこんであるためだ。

先の方を右手にもち、重く太い方を下にして、私は寝室に進んだ。

寝室は六畳の和室で、リビングとは襖《ふすま》の形をしたドアで仕切られている。左手でそのドアを押しやった。右手の道具を肩の高さにふりかぶる。

リビングからの光が流れこみ、和室の中央においたベッドが浮かびあがった。乱れたままで、私がでかけるために脱ぎすてたスウェットスーツが、めくれた掛け布団の上で丸まっている。

部屋の隅に洋服ダンス、ベッドサイドのランプの下に、読みかけの本が数冊、寝る前にウィスキーのストレートを流しこんだコップがひとつ。

人の気配はない。

不意に固いものが後頭部に押しつけられた。ごつっという音がして、そのあと、カチリ、という金属音が直接、私の頭蓋骨にひびいた。

「動くな」

きっぱりとした女の声がいった。私はびくっとし、その言葉に従った。

「お前の頭に私があてているのは、デトニクス・コンバットというオートマティック・

ピストルだ。口径はフォーティ・ファイブ。トリガーをひけば、まちがいなく、お前は死ぬ」

私は黙っていた。返事をしろ、といわれたわけではないからだ。アメリカで、銃をもった人間との対処法を学んだ。

もし、つきつけられたら、そのときは、相手が何か要求するまで、何もするな、ということだ。

動くな、何も喋るな、もし向きあっていたら、目すら動かしてはいけない。

何かいおうと声を発したら、それが刺激となって、トリガーをひかれる場合がある。

とにかく、求められるまではじっとしていろ。

「その棒を落とせ」

いわれた通りにした。框《かまち》にあたった三脚の脚が、ガチャンという音をたて、私は再びびくっとした。その音に驚いて、背後の女が引き金をひいてしまうのではないかと思ったのだ。

が、私の頭に押しあてられた銃口は、ぴくりともしなかった。

私はそれで、わずかに安堵《あんど》した。

対処法を私に教えたのは、ニューヨーク市警に二十年勤めた男だった。

彼はいった。

『いいか、拳銃をもった相手の中でも、最も危険なのは、初めて人に銃を向けたようなアマチュアだ。もし、そんな奴、たとえば十四、五のガキで、マリファナかクラックあたりを買う小遣い銭欲しさに、生まれて初めてホールドアップをやってみよう、なんてのにあたったら、神に祈るしかない。息もするな。目もあわせちゃいかん。もし、生きのびる機会があればわかるが、そういう連中はたいてい、目が吊りあがり、肩で息をして、緊張でガタガタ震えてるもんだ。奴らは、ほんのちょっとした刺激でハジける。またま、うしろの方でクラクションがファンと鳴った、思わず、バン、てなものだ』

少なくとも、そんなアマチュアではない、ということだ。

私の頭の中を、教官だった男の言葉が駆けめぐった。

『今度は、そうじゃない、プロ中のプロ、つまり、そのへんのホールドアップも卒業し、銃の腕前にも自信たっぷりで、これまでも何人かハドソン河に沈めてきた、そんな連中につきつけられたときの場合だ。

あんたが金持なら生きのびるチャンスはある。そういう連中はたいてい金で雇われている。だから、向こうに交渉する気があるかどうかを探ってみて、もしあるようなら、言い値で、命を買い戻すことだ。しかも、その場で。連中には、ローンもカードもきかない。そのとき、キャッシュで払えなければ、おしまいだ。唯一のいいことは、苦しませずに殺《や》ってくれるってだけだな』

銃口の圧迫感が消えた。

「ゆっくり、こちらを向け」

歯切れのいい口調で女はいった。

私はゆっくり回れ右をした。

私の二歩前に、右手で銀色の銃をかまえ、左手を下にそえた女が立っていた。銃口は、私の胸のまん中を狙っている。

『人を撃つときの心得を話そう。撃つか、撃たないか、まずそいつを決めるのに度胸がいる。度胸が決まったら、あとは何も考えず、胸のまん中を狙え。殺したくないから脚を撃つ、とか、必殺で頭を撃つ、とか、そんな理屈は実戦では意味がない。頭も脚も、人間の胴体に比べれば小さい。つまり、当たらないってことだ。

心臓は左の胸にある、とみんな思っている。だが本当は、まん中からやや左にかけてだ。胸のまん中を撃てば、まちがいなく心臓にダメージを与える。相手を即死させたければ、胸のまん中だ』

女は、小柄で、ずんぐりとした体型をしていた。のびちぢみのききそうな生地で作ったジーンズに、ポロシャツを着け、チェックの裏地がついた大きめのスイングトップを着ている。

スイングトップの開いた前から、バックルのついたベルトに、右腰のあたりで留められた革のホルスターがのぞいていた。

髪はやや赤みがかっていて、眉が濃い。髪は短くて、もじゃもじゃにカールしている。ふだんならぱっちりとしているだろう目が、今は拳銃の照門と照星をあわせているため、わずかに細められていた。

胸と腰にたっぷりと肉がついている。足はむしろ細いようだ。鼻は丸く、やや上向き加減で、全体のつくりからいえば、美人の範ちゅうにはとても入りそうにない。

「メジローだな」

私は女の手を見た。女は身長にしては、大きな掌をもっている。男のように肉厚で、指も太い。拳銃の太いグリップも、やすやすと握りこんでいた。

「そうだ」

「これから質問と要求をする。お前が私の望むものをだせば、私は銃をしまい、ここからでていく。そうじゃなければ、私は銃を使う。わかったか?」

「わかった」

声がかすれた。自分の顔が、能面のように無表情に、そしてひきつっているのも、わかった。

「まず、質問だ。お前は、そこにあるラジオキットを使って、犯罪現場の写真を撮りつづけている。そうだな？」

「そうだ」

「その中に、フクロウ、と呼ばれている殺し屋の、仕事の写真も入っている。どうだ？」

「フクロウの仕事かどうかは、本人に訊いたわけではないから――」

「よけいなことはいうな。撮ったか、撮らないかを訊いてる」

「撮った」

私はいいながら、女の右うしろにあるデスクの電話機を見ていた。留守番電話が、受信を示す、ランプの点滅をしている。

「その写真はどこにある？」

私は女の顔に目を戻した。

年はいったい、いくつだろう。二十四、五にも見えるし、四十過ぎにも見える。どちらかというと色白だが、頰にいっぱいソバカスが散っていた。

「――ここにはない」

「どこだ？」

「編集部だ。『反世界』の」

「ハンセカイ？」

「そういう名前の雑誌だ」

「どこにある？」

「四谷だ」

「ヨツヤ……。ここから遠いのか。歩いてどのくらいかかる？」

この女がどこからやってきたにせよ、東京の人間ではないことは確かだ。

「歩いていけば、すごくかかる。車で三十分、くらいだ」

「運転はできるか、メジロー」

「できない。バイクだけだ」

ふたつめの嘘をついた。

女の目がつかのま、銃身を離れた。考えをまとめようとしているのがわかった。

「欲しいのか、写真が」

私はいった。女の目の奥で、怒りがスパークのようにきらめいた。

「質問は許可していない！」

再び視線が拳銃ごしに、私に刺さった。

「話しあいの余地はないのか。俺を殺しにきたわけではないのだろう」

「妙なことをするなら、殺す」

「しない。しないから、話しあってくれ」

「どんな話をするんだ？」

「俺のこと、あんたのこと、それに、フクロウのこと」

「………」

女は無言で私をにらんでいた。見たところ、拳銃は、一キロ近くはありそうだった。それを、私がふりかえってからずっとかまえつづけ、しかも未《いま》だに微動だにしていない。もし、銀色の銃が、強化プラスティック製の玩具でないとすれば、驚くほどの体力と神経を女は備えている。

「あんたはその写真を欲しいのだろ」

私はなおもいった。

女の口もとに、うっすらと笑みが浮かび、私はこちら側にひきよせかけていたと思った流れが遠のくのを感じた。

教官のいいつけ通り、言い値で命を買い戻せばよかった。言い値とは、フクロウの現場写真で、それは、四谷ではなく、この部屋の金庫にあった。

値切るな、と教官はいっていなかっただろうか。いっていた。

「私がフクロウではない、と思っているのだな。もし私がフクロウだったら、どうなんだ？　私は写真を消したい、だけだ、と」

「ちがうな」

「どうちがう?」

「あんたは、写真を消したいわけじゃない。見たいのさ。そこにフクロウが写っているかもしれないから」

「お前のまちがいだ。私はフクロウの写真を消滅させにきた。素直にお前が従うなら、お前を殺さない。従わなければ、殺す」

「殺せば写真は手に入らない」

「発表されることもなくなる」

「それはただの威《おど》しだ」

女がぱっと目をみひらいた。私はわきの下を汗が流れおちるのを感じていた。

「どうして威しなんだ?」

「あんたとフクロウが別人だと、俺は知っているからだ」

「会ったことがあるのか、フクロウに」

今度は私が答えなかった。

「答えろ!」

女はなおもすごんだ。

「答える。だから銃をおろして、話しあう、といってくれ」

女は口からゆっくりと息を吐きだした。そして拳銃の銃口を天井に向け、右手の親指を動かした。

チッという、安全装置のかかる音が聞こえた。私はそっと息を吐きだした。

女の額に、うっすらと汗がにじみ、光っていた。

私はそれを見つめた。拳銃は玩具ではない。女の汗は恐怖からではなく、緊張からなのだ。

「すわらないか」

私はいった。

女はじっと私を見つめ、かすかに顎をひいた。

「俺が先にすわる」

私はいって、昼間、鹿屋が使ったソファをさした。

安全装置をかけた銃を手にしている女を回りこみ、私はソファにすわった。

女は不信と怒りの混じった表情で私を見おろしていた。

私はすわったまま、デスクをさした。

「あんたはよかったら、あっちにすわらないか。大丈夫だ。逃げたりしないから」

女は答えず、なおもいらだったような顔つきで私を見おろしていた。

私は唇を湿した。

「トリックは考えていない。銃をもっている人間にさからうほど馬鹿じゃない」

女がすっと動いた。ずんぐりとした体型からは想像つかない、機敏な動きだった。デスクの上に拳銃をおき、椅子に腰かけた。右手はいつでも手にとれるよう、拳銃のグリップのそばにある。

私は女と向かいあった。

「あんたがフクロウじゃない、と思った理由は簡単だ。俺はずっと昔、フクロウに会ったことがあるからだ」

「どこで。いつ」

女は短く言葉を切って訊ねた。そのイントネーションに、かすかな訛《なまり》があった。

「ずっと以前、この東京でだ」

「フクロウに会って死んでいないのは、フクロウに仕事を頼んだ人間だけだ。お前は、フクロウに誰かを殺させたのか」

「そうじゃない。もっと前。フクロウが殺し屋になる前だ」

私は首をふった。

「嘘だ。もしそれが真実なら、お前はフクロウの正体を知っていることになる」

女は即座にいった。

「知っている」

「それならば、なぜ警察に通報しない」

私は再び唇をなめた。女の視線は鋭かった。

「なぜかな。確信がないからかもしれん。自分の目で、本当にその人物かどうか確かめたいんだ」

「お前は、犯罪現場の写真を売って生活している。そのことと、フクロウの正体を知っていることに、関係があるのか」

「ある」

女はしばらく無言だった。

やがていった。

「お前もフクロウを捜している。そうだな?」

「そうだ」

「犯罪現場の写真を撮っているのは、フクロウを捜すためだ」

「その通りだ」

「──リヴェンジか」

「ちがう」

女の目が細められた。

「お前はフクロウの味方をする気か」

「それもちがう」

「何を、フクロウに求めている」

「会うこと。会って話すことを」

女がさっと拳銃をもちあげ、私は全身が硬直した。

が、その次に女がした動作は、銃を腰のホルスターにしまうことだった。

そして私をまっすぐに見つめ、いった。

「私の目的はフクロウを殺すことだ。邪魔をすれば、お前も殺す」

「復讐《ふくしゅう》か」

「フクシュウ？　そう、リヴェンジだ」

「フクロウは、あんたの身内を殺したのか。恋人か、夫、家族の誰かを」

女は今、強く唇をひき結んでいた。白い一本の線と化している。

電話が鳴り始めた。

私も女も、向かいあったまま動かなかった。ベルは四度鳴り、留守番電話が作動する。

「こちらは三四五二の×××。現在、留守にしている。用のある者は、信号音のあとにメッセージを残すこと」

私の声がいった。

「……メジロー、〝福耳〟だ。さっきも入れておいたんだが、とにかく連絡をしてくれ」

〝福耳〟の声は怯《おび》えていた。

「――俺のことは、あの男から聞いたんだろ」

〝福耳〟が受話器をおく、ブツッという音が留守番電話のスピーカーから聞こえると、私はいった。

「車椅子に乗った、眼鏡の男だ。これと同じ機械を、あんたに売りつけた――」

私はカバーをかけたキットを示した。

「そうだ」

女は厳しい表情のままいった。

「教えてくれ。ここの住所を、あんたは金で手に入れたのか。〝福耳〟に金を払って、訊きだしたのか」

「ちがう」

「じゃあ、どうやった」

「車椅子ごと、あの男を川の上に吊るした。答えなければ、落とす」

「あんたが?」

女は、デスクの上においてある、樫《かし》の木でできたペーパーナイフを手にとった。右手に握りこみ、親指で、柄《つか》の部分を押した。ペシッという音とともに、苦もなくふたつに折れた。

私が両手を使い、かなりの力をこめなければ折れないような代物だ。

「わかった。奴は足がきかない。水に落ちれば死ぬ、そう思ったろう」

〝福耳〟は脅迫され、ここのことを喋ったのだ。きっと、女が本気だと知るまでは、あの気にさわるニヤニヤ笑いを浮かべていたにちがいない。

「フクロウの写真をとりにいく」

女がいった。

「写真はここにある。とりにいく必要はない」

女が立ちあがった。右手をのばし、不意に私の襟首をつかんだ。

私の体は空中に浮かびあがった。驚くべき力だった。

女はそのまま、じりじりと私の顔をひきよせた。

「お前はさっき、ここにはないといった。嘘をついたのか」

「あんたの目的がわからなかったからだ……」

とぎれとぎれにそういった。

女の左手が私の喉をつかんだ。呼吸が止まり、コメカミが激しく脈打つのがわかった。

「次に嘘をつけば、死ぬほど後悔する。わかったな？　わかったな!?」

「あ……ああ」

女は手を離し、私はデスクとソファの間にどさりと落ちこんだ。

私は喉をさすった。

「あんた、とんでもなくタフだな。どこにいたんだ？」

女はじろりと私をにらんだ。軽蔑の視線だった。

「マリーン」

「マリーン、て、アメリカ海兵隊のことか」

女は頷いた。

だったら銃の扱いに長《た》けていることもわかる。アメリカ海兵隊は、世界最大のエリート部隊であり、アメリカが関わるすべての戦争に投入される、強襲上陸作戦のプロフェッショナルだ。

この女が人を殺した経験をもっていても不思議はない。

「なぜ、そのマリーンが、日本にいるんだ？」

私は訊ねた。

女はすぐには答えなかった。じっと私を見つめて、やがてスイングトップのポケットから、煙草とライターをとりだした。

煙草はマールボロで、ライターはジッポだった。

女の左手の親指が、マールボロのハードパッケージの蓋をひょいと開いた。一本をつまみだし、ジッポで火をつける。女の左手の、親指と人さし指のつけねに、青い刺青《タトゥー》があることに、私は気づいた。

女は煙草をとりだし、火をつけ、煙を吐きだす動作を、すべて左手のみでおこなった。

女は右手でもじゃもじゃの髪をかきむしった。顔にいらだちがあった。

「教えてくれ。なぜマリーンのあんたが日本にいる？　フクロウはあんたにとって大切な人間を殺したのか」

「黙れ！」

女は鋭くいって、私をにらんだ。

女は混乱しているように見えた。私を嚇し、簡単に写真を手に入れようと思っていたのが、なぜこうして話しあう羽目になったのか、自分でも理解できないようだ。

考えるより、行動することに慣れている。

女が、言葉通り、兵士であるのはまちがいない、と私は思った。

「弟の、ジョンは――」

女はとぎれとぎれに、いった。

「私にとって、ただひとりの家族だった」

目に涙が光った。

「フクロウはジョンを殺した。だから、私もフクロウを殺す」

「あんたはハワイからきたのか」

女はさっと私を見つめた。

「なぜ、それを知っている。お前はフクロウの仲間なのだな」

「ちがう。フクロウが、今年の一月、ハワイでデヴェロッパーの日系人を殺した、という話を聞いたのだ」

「誰から」

「フクロウのことに興味をもっているジャーナリストから」

「そんなに多くの人間が奴のことを知っているなら、なぜ奴はつかまらない。日本の警察はそこまで能力に欠けているのか」

「そうじゃない」

私は首をふった。

「連中は、プロの殺し屋というものに慣れていないんだ。日本には、長いあいだ、そういう商売の人間がいなかった。たとえば、マフィアのような連中はいた。組織を構成し、組織の利益のために人を殺す。だが、純粋に、職業として人を殺すような人間は、いなかったんだ。だから対処の方法を知らない。それに、フクロウはとても用心深いらしい。あたり前の話だが、決して人前に素顔をさらさない」

「だが皆、フクロウが女だと知っている」

「それにその女が必ず、自分の仕事の現場に現われることも？」

私の言葉に女は頷いた。

「それが大きなまちがいなんだ」

私はゆっくりといった。長い間、考えつづけ、ようやく最近になって辿りついた私の結論だった。この考えは、阿仁にすら話したことはない。人に話すのは、この女が初めてだった。

「フクロウには、伝説がある。黒衣の女で、犯行現場に必ず現われる、という伝説だ。だが、実際に、黒衣の女が人を殺したところを見た人間はいない。たまたま、被害者と黒衣の女がいっしょにいるところを、殺される直前に見かけた人間がいるだけだ。誰も、黒衣の女が手を下すところは見ていない。なのに人々は、フクロウが女だと信じこんでいる。しかも、いつも黒ずくめの格好をしている、と。警察ですら、そうだ。だが、考えてもみろ。そこまでわかっていて、殺しの現場に、黒ずくめの女が現われていたら、なぜ警察はその女をつかまえない？　不審訊問《じんもん》でも何でもいい。ひっぱって、身許《みもと》を洗わない？」

「警察がくる前に立ちさっているからだろう」

「それもあるかもしれん。が、もっと簡単な説明がある。黒衣の女などいない、ということさ」

「馬鹿な。ジョンが殺される前、ジョンの家を、ブラックドレスの女が訪ねている」

「では、その女がでていくのを、誰かが見たのか？　その女がひとりであんたの弟の家に入り、銃声がして、誰かがのぞくと、女はおらず、弟が死んでいたのか」

「そうじゃない。弟が殺されたのは、その三日あとだ」

「だろう」

「お前は何を知っているんだ？」

「黒衣の女は、フクロウではない、ということを」

「じゃあ何者なんだ」

私は唇をなめた。女の表情に険悪さが戻りつつあった。

「その前に、あんたの名を教えてくれ」

「エル・ティ。アルファベットのLとTだ」

「イニシャルか」

「そうだ。マリーンではずっとL・Tと呼ばれていた。レイ・タキセを短くして」

「タキセ・レイさんか。美人の名だ」

面白くもなさそうに、L・Tと名乗った女は鼻を鳴らした。

「からかう気ならやめておけ。私をからかって腕や鼻の骨を折られた連中がたくさんいる」

「わかった。立っていいか」

「何のために」

「金庫から写真をだしたい」

私は女と見つめあった。

「あんたが嘘をいっているとは、俺は思わないよ。だから俺も、あんたに本当のことを話す」

女――Ｌ・Ｔは頷いた。

私は立ちあがり、部屋の隅にある耐火金庫に歩みよった。番号錠をあわせて、扉を開く。

十数本のネガ、紙焼きを貼りつけたアルバム、そしてビニールクロスの書類ばさみが入っている。

アルバムは二冊あった。ひとつは布表紙の薄い品だ。もう一冊は、私がここに引っ越してから作ったもので、かなりの厚みに達している。ページをビスで留めるタイプで、必要に応じ、増やしていける仕組なのだ。

私は厚い方のアルバムをデスクの上にのせた。

「俺の今までの写真だ。もちろん撮ったもの全部じゃない。フクロウの仕事と思われる現場を撮った奴だけだ」

Ｌ・Ｔは目をみひらいて私を見つめた。

「フクロウを捜している、というのは本当だったのだな」

「そうだ。厳密にいえば、フクロウを、ではない。フクロウといわれている、黒衣の女を、だ」

「だがお前はさっき、黒衣の女などいない、といった」

「いった」

「じゃあ、いったいどういうことなんだ」

「黒衣の女は、女じゃないってことさ」

「なんだって」

L・Tは混乱したように眉を寄せた。

「つまり、黒衣の女は、女ではなく、男が変装している、ということだ。その人物は、仕事の前に女装し、仕事が終わると男に戻る。だから誰も、フクロウをつかまえることができない。黒衣の女を捜しつづける限り、男には目がいかない」

いいながら、私は、マークがシェリルに告げた言葉を思いだしていた。

マークはシェリルに、フクロウはふたり以上のチームなのかもしれない、といっていた。さすがは、裏の世界に通じる、マークだけのことはあった。

フクロウの存在を知る多くの人間は、フクロウを、女ひとり、それも黒のドレスを着る、若い女だと決めこんでいる。

「どうして女装した男だと、お前にはわかる？」

「いったろう。俺はずっと昔、その人間に会ったことがある、と」

「いつ、どこで」

L・Tは大きくひらいた目で私を凝視した。だが、私はそれには答えず、金庫からとりだしたアルバムを開いた。

一番最初のページに、顔と喉を撃ちぬかれたコロンビア人の死体の写真があった。場所は、西新宿の地下道だ。私が初めて撮った、フクロウの〝仕事〟だった。死体の周囲を警官と、それにもうひと回り、大きく厚くした感じで野次馬がとり巻いている。

野次馬のほとんどは、死体をひと目見ようと、爪先立ちしている。季節は冬で、写真の雰囲気は全体に暗い。

アングルをかえて、その現場を撮ったものが八枚あった。

L・Tはくいいるようにその写真を見つめた。

「三年前の冬だ」

私はいって、次のページを開いた。

中国料理店の、裏口に近いトイレに、男がすわりこむようにして体をふたつに折っている。うなじに射入口があり、両脚の間に大量の血溜《ちだ》まりがあった。

殺されたのは、ボリビア国籍の中国人だったが、あとから、もっていたパスポートは偽物であることが判明した。

「二ヵ月後だ」

中野《なかの》の、細い路地に面した中国料理店の裏口付近を、ぎっしりと野次馬が塞いでいる。

この現場も十枚近い、野次馬の写真があった。

次のページは、六本木のステーキハウスの入口だった。閉店後、二階の店にのぼる階段の中途で死体が見つかったのだ。

殺されたのは、北海道の不動産業者だ。前の事件から半年の間があいている。

「集まっている人間を撮るのは、フクロウを見つけるためなのか」

L・Tが訊ねた。

「そうだ」

「だが、可能性は低い。フクロウがいつ現われるか、お前にはわからない」

「現われるとすれば、人のおおぜいいるときだ」

私はいって、デスクの上のボールペンをとりあげた。アルバムのページを戻し、地下道の写真のひとつをさす。

「この顔がわかるか」

L・Tは頷いた。ボマージャケットにジーンズを着けた若者ふたりにはさまれ、白っぽい顔の眼鏡をかけた男がうつっている。

私はアルバムのページをめくった。

最初の事件から数えて五つめ、多摩川の河原で見つかった身許不明の男の射殺死体にむらがる野次馬たちの写真があった。

その中のひとつをさした。

真夏で、野次馬の大部分は、半袖のアロハやTシャツを着けた若者ばかりだ。中に、黒っぽい長袖のシャツを着た男の姿があった。

野次馬の列の最後方に立ち、私のカメラのフラッシュから半ば顔をそむけるようにしている。

色白の横顔と、整った鼻筋が、フラッシュの作りだした濃いコントラストに浮かびあがっていた。

「これだ」

そして、アルバムの最後のページを開いた。粒子が粗くなって、読みとれなくなるぎりぎりまで引きのばした写真が数枚貼ってあった。

いずれも、現場で撮ったものからそれと思しい人物の顔を最大限にひきのばしたものだ。

「このうちの、これとこれは、はっきり、同一人物だとわかる」

私は地下道と河原のものをさした。L・Tは頷いた。目はじっと写真を見つめている。

「これがフクロウなのか」

「どう思う？」

ほかの写真は、顔の一部や、後頭部にかけてなどで、はっきり同一人物と特定できるほどのものではない。

「全部の現場に、この男がいたのか」

L・Tは私をふりあおぎ、訊ねた。私は笑った。

「まさか。はっきりそうとわかれば、俺だって別のでかたをしている。ひょっとしたら、こいつは本当に、二度現場を通りかかった、運のいい野次馬なのかもしれん」

「この写真を警察はもっているのか」

「いや。もっていない。渡せ、といわれたが断わった。警察は、俺がフクロウを追っていることは知らない」

L・Tは不思議そうに私を見つめた。

「ケヤという、刑事がいる。警視庁捜査一課の班長だ。一課というのは、アメリカでいう、殺人課だ。ケヤは、ずっとフクロウを追っている」

いってから、私はL・Tに訊ねた。

「あんたはどうやって、車椅子の男のことを知ったんだ」

L・Tは新たなマールボロをとりだし、口にくわえると、髪をかきむしった。そして、

「クソッ《シット》」とつぶやいて、その髪をひきぬいた。

すっぽりともじゃもじゃ頭が、L・Tの手の中に移った。カツラだった。

あとから現われたL・Tの頭は、まるでG・Iカットのように、短く刈りあげられていた。

「ああ、すっきりした」

L・Tはカツラを〝福耳〟のキットの上に放りだし、煙草に火をつけた。

「ジョンが死んだのは、私がクアンティコにいたときだった。私は、そこでおこなわれる海兵隊の士官候補生の選抜訓練の教官だった。今年、それが終われば、二週間の休暇がでる」

「マリーンの教官か」

「生徒はみんな私より階級の高い連中だよ。ただし、卒業できればの話だけどね」

L・Tは、カツラを外したせいで、女とは見えないほど精悍《せいかん》な顔に一変した頬に笑みを浮かべた。

「私は十八のときに、ハワイの海兵隊基地に入隊志願をだした。それから、カリフォルニア、サンディエゴの訓練基地に送られ、地獄の新兵訓練をクリアした。パナマにもいったし、イラクにもいった。もっともイラクは、途中で、選抜訓練のために呼び戻されたがね」

私はL・Tの次の言葉を待ち、煙草に火をつけた。

「ジョンが死んだ、殺された、という知らせを受けて、私はすぐハワイに帰ると、ホノルル市警を訪ねたんだ。市警の殺人課の刑事は、状況をくわしく話してくれた。ジョンが、日本のデヴェロッパーと組んで、モロカイにコンドミニアムを造ろうとしていたことは、私も手紙で知っていた。

ジョンは、気だては優しいが、男としちゃ、ちょっとだらしないところがあった。死んだダディはよくいってた。私とジョンが、入れかわればよかったのに、と。私がハイスクールをでて、すぐに海兵隊に入ったあと、ひとつ下のジョンは大学に進んだ。だけど遊び呆《ほう》けているうちに、大学を放りだされた。

ジョンの目がさめたのは、去年、ダディが死んでからだと思う。それまで勤めてた友人の不動産会社から独立して、自分で会社を作った。ハワイの二世、三世は、日本語を喋れない連中が増えている。でもうちは、ダディが厳しかったから、日本語の読み書きだってできる。ジョンは、日本人を相手に、デヴェロッパーの現地代理事務所を開き、それで大儲けするつもりだったんだ」

「それがうまくいかなくなった。日本の悪質な業者にだまされた」

私はいった。L・Tは頷いた。

「ホノルル市警の話では、ツジモトは、モロカイでの開発交渉を全部、ジョンに任せていた。ハワイからの撤退を決めたときも、責任をすべてジョンにかぶせた。つまり、ジョンの信用が、この件ですべて失われる結果になった。頭にきたジョンは、ツジモトを訴えるだけじゃなくて、ツジモトがこれまでグアムなどでやってきた開発のやり方について、調査するよう、下院議員に働きかけたのさ。議員は、ダディのいとこにあたる人で、動くとジョンに約束してくれた。日本企業のハワイにおける、倫理にもとった商行為は、日系人全体のイメージを下落させかねないから、と。それでなくとも、かつてのユダヤ人並みに、日本人のことを悪く思っている連中が、白人の中にはたくさんいるんだ」

「――車椅子の男のことは――」

「わかってる。今、話すところだ」

L・Tはいらついたように、指先の煙草を私につきつけた。

「ツジモトがプロを雇って、ジョンを殺したのは明白だと、ホノルル市警の刑事はいった。そのプロが、日本からきたこともわかってる。だが、ハワイには、何万人という日本人がいつもいるんだ。そのうちの大半は、三日か四日で、ハワイを離れる。その中から、どいつがプロなのかをつきとめるのは不可能だってね。

そこで次に私がしたのは、もう一度、ヴァージニアに戻ることだった。クアンティコさ。クアンティコには、海兵隊の士官候補生とは別に、もうひとつの訓練所がある」

「フ、、、フェッドだな」

私がいうと、L・Tは驚いたような顔になった。

「驚くほどのことじゃない。俺は九年間、アメリカにいた。ヴァージニア州にも少しいたことがある」

L・Tは私をにらんだ。

〝フェッド〟とは、Federal Bureau of Investigation、つまり、FBIの通称だ。

「その通りだよ。私は、行きつけのパブで親しくなったフェッドの教官に、日本の殺し屋について教えてくれと頼んだ。教官は、日本には、プロの殺し屋はいない、といった。いるのは皆、ヤクザだと。だけど、私がなおもくいさがると、コンピュータで照会してくれると約束したんだ」

「それにフクロウがでていた」

L・Tは頷いた。

「フクロウのコーナーに、ブラックドレスについての説明もあった。ホノルル市警から話を聞いていた私は、すぐにジョンを殺ったのが、フクロウだとわかった。フクロウは一流のプロで、クライアントはいつも金持ばかりだ。ツジモトなら、フクロウにギャラを払える」

L・Tは言葉を切った。話はまだ〝福耳〟のところまでいきついていなかったが、私はいった。

「何か飲むか？」

「ダイエットコーラか、コーヒーを」

「ダイエットコーラはない。コーヒーならある」

「もらおう」

L・Tは顎をぐい、とひいた。私はキッチンに立ち、昼間淹《い》れ、コーヒーメーカーのスイッチを切ったまま冷たくなっているコーヒーをカップに注いだ。

「ミルクも砂糖もない。それでよければ」

「充分だ」

カップを受けとったL・Tは、一気に半分ほどを流しこんだ。

新しい煙草に火をつける。かなりのヘビイスモーカーだ。

「私は日本にいくことにした。そこで、誰か頼りになる人間をクアンティコで調べた。その男は、ひとり、日本人で頼りになる男がいる、と、海兵隊の教官のメンバーがいった。その男は、以前、中央アフリカで情報収集活動をおこなったことがあり、その頃、グリーンベレーの連中と任務行動をともにした。そのグリーンベレーは、正規と嘱託の混成部隊で、中に日本人兵士がいたといった。その兵士は、偵察行動中に地雷で片腕を失《な》くしたが、いっしょに地雷に触れた仲間ふたりを、両肩にかついで四キロの道のりを帰ってきた、と。そして出血多量と疲労で死にそうになっていた、日本人を含む三人を、命令無視のヘリを飛ばして救ったのが、クアンティコにいる私の仲間だった。

日本人はマーク（傭兵）で、その後除隊になったが、私の仲間に、命を救ってもらった恩を感じている。手紙をよこして、日本にくることがあったら、いつでも立ちよってくれ、と書いていたんだ。トウキョウで、小さなバーをやっている、と手紙にはあった。そこで、私は仲間に、手紙を書いてもらった。私がフクロウを捜しだし、始末するつもりでいること、だからフクロウを捜す手伝いをしてほしいのだ、と」

マークだ。マークが〝福耳〟のことを、このL・Tに教えたのだ。

ある意味では、「ポット」の仲間にとって、マークがしたことは重大な裏切り行為だった。

本来、もっとも秘密を守らなければならない、「ポット」のマスターが、客の秘密を、ほかの人間に明かしたのだから。

だが、私は別に腹がたたなかった。マークにとってみれば、命の恩人に報いる方がより大切だったのだ。それに、L・Tの目的は、フクロウであって、〝福耳〟や「ポット」のメンバーを消すことではない。

もし、フクロウが「ポット」の常連であったら、マークはどうしたろうか。私はふっと思った。

「片腕の男に会ったんだな」

私はいった。

「会った。その男は、閉店後に、店に来るよう、電話で私にいった。午前七時だ。私がいくと、車椅子の男の話をした。教えてやるのは、ひとりの人間の名前だけだ、と。もし私が殺されかければ、その男はいくらでも助ける、といった。そしてこの銃も用意して、私に渡した。だが、それ以上の人間の名前を教えるのは、勘弁してくれ、といった。フクロウのことは直接知らない。あとは、車椅子の男から、フクロウに近づく情報を手に入れろ、と」

マークは〝福耳〟ひとりをL・Tに売ることで自分の過去と決着をつけたのだ。もし私がフクロウを追いつづけているのを知っていたら、私の名をL・Tに告げたにちがいない。

私は〝福耳〟に同情する気になった。〝福耳〟は、脅迫されたからとはいえ、私の住所をL・Tに告げたことに呵責《かしゃく》を感じ、懸命に私と連絡をとろうとしている。

L・Tは、〝福耳〟にはマークのことを告げていない。もし、〝福耳〟が、自分がマークに売られたことを知っていれば、黙っている筈はないのだ。

もし、マークがすべてを「ポット」の仲間に話して、L・Tへの協力を頼んだら、などと考えるのは馬鹿げている。「ポット」での友情は、あくまでも、「ポット」の中だけでのことだ。一歩外へでたら、互いを信用することすらしないだろう。自分を危険におとしいれてまでマークの願いを聞き、L・Tに協力するような人間は「ポット」にはいない。

「なぜ、片腕の男のことを俺に話す？」

「お前が、私の捜していた人間だからだ」

L・Tは空になったカップをデスクの上においていった。

「あんたが捜していた人間？」

「私がトウキョウにきて、ひとりでフクロウを見つけだすのは不可能だ、と片腕の男はいった。この街にくわしい、しかもフクロウのことも知っているパートナーが必要だ、と。片腕の男は、自分はそれができない、といった。もう、何年も行動していない、街にもでていない、と。私のパートナーになる人間は、私が自分で見つけださなければならない。

車椅子の男はパートナーにはなれない。あの男はメカニズムにはくわしいが、人間を知らない。お前にあったとき、わかった。お前こそが私のパートナーだと」

「女性にそういわれて悪い気はしない」

「私が女であると認めてくれたのは、ダディとマミィが死んだあとは、ジョンひとりだった。今は誰もいない。私もそれでいい。お前に、女と認められたいとは思わない」

厳しい口調でL・Tはいった。

「それにいっておく。このパートナーシップに関して、お前に拒否する権利はない。お前は話しあうこと、つまり私にその場で必要な情報を提供しないことでもって、私とのパートナーシップを了承したのだ。拒否するのは、私による射殺を容認したものと解釈する」

「強引だ」

L・Tの右手が目にもとまらぬ速さで動いた。デトニクスの銀色の銃口が私の胸を狙っていた。

「お前とのパートナーシップを確立せず、ここをでていくのは、フクロウに私の存在を知られる可能性を残すことを意味している。フクロウは先手をとって、私を殺すことを考えるかもしれない。その危険は冒せない」

「俺がフクロウにあんたのことを知らせると思うのか。居場所も知らないのに」

「今夜、このキットで、フクロウの仕事の現場を知り、お前はまたでかけていくかもしれない。そこでフクロウに出会う。または、フクロウにつかまって、拷問されたら――」

「なぜフクロウが俺をつかまえるんだ？」

「フクロウは、お前が自分を追っていることを知っているかもしれん」

「そりゃそうかもしれん。俺は必ず、現場で写真を撮っているからな」

「お前はフクロウを知っている。ずっと昔、会ったことがある、といった。フクロウにとっても条件は同じだ」

私は黙った。その話はしたくなかった。

「――わかった。あんたの勝ちだ」

「フクロウがお前に気づき、それでもお前を危険だと判断して殺していないなら、フクロウもまたお前を知っている、ということになる」

「その通りだ」

私は認めた。その筈がないことは、私が一番よく知っていた。フクロウに、私がわかる筈がないのだ。

だがそれをL・Tに納得させるには、すべてを話さなければならない。マークに通じているL・Tにそうすることは、あまりに危険だった。

私は右手をさしだした。

「パートナーだ。フクロウを見つけるまでは」

L・Tは、私の右手を見つめた。

「もし私がフクロウを殺すのを邪魔すれば、お前も殺さなければならない」

「だから、いったのさ。見つけるまで、と」

L・Tはニヤリと笑った。その笑いは、相手の実力を見抜けない、まぬけな日本人に対する嘲りの笑いだった。L・Tを敵に回して、少しでも生きのびるチャンスがある、と私が考えていることに対する嗤《わら》いだ。

L・Tは拳銃をしまい、私の右手をつかんだ。

骨の砕けそうな痛みに私は呻《うめ》き声をたてた。L・Tの握力は、腕の力にも劣らぬものだった。

「見つけるまで、お前とパートナーだ」

むろん、L・Tはまちがっている。私は、L・Tがフクロウを殺すのを邪魔しない。もし、フクロウが、私の捜している人物でさえ、なければ。

可能性は、半々だった。

6

L・Tが立ちさったのは、午前零時を少し回った時間だった。L・Tは、現像室にかくれて、私の帰宅を待ちうけていたのだ。

そこには、小さなショルダーバッグがあり、携帯食と英文の東京地図が入っていた。

そのショルダーバッグを手に、L・Tは立ちさりぎわ、私に訊ねた。

「お前は結婚していないのか」

「いない」

「それは好都合だ」

L・Tは頷いた。

「日本のホテルの値段は異常だ。明日、私はホテルをひきはらってここへくる」

「パートナーになるのは認めたが、いっしょに暮らすことまで認めたわけじゃない」

私は抗議した。が、無駄だった。L・Tはじろりと私をにらみ、無言で私の意見を却下した。

「パートナーといったものの、お前を完全に信頼しているわけじゃない。お前には秘密が多そうだ。目を離したくない」

私は天井をあおいだ。

「あんたはいつもこうなのか」

「何がだ?」

気持おだやかに聞こえる声になって、L・Tはいった。

「自分の決めたことを、他人にもおしつけて貫きとおす。逆らえばぶっつぶす、といわんばかりに。日本じゃそんなやり方は通用しないぜ」

「ステーツじゃ通用すると思うか。お前はステーツにいたことがあるのだろ」

あべこべにＬ・Ｔは訊ねかえしてきた。

「いや、アメリカでも無理だな。もっと強烈にシャットアウトされるだろう」

「じゃあわかる筈だ。これは私のやり方であって、国は関係ない」

どうやら、フクロウを見つけるまで、Ｌ・Ｔは私を放す気はないようだった。

「ひとつ訊いていいか」

「何だ」

「あんたとのパートナーシップには、その、男と女の関係も含まれるのか」

怒りだすかと思ったが、Ｌ・Ｔは意外に冷静だった。奇妙な、面白がっているともとれる表情を目の端に浮かべて私を見た。

「お前は、私にそれを望むのか」

「選択権は俺にはない。あんたがすべて決めるんだろ」

「私が望んだからといって、お前がそれに応えられるとは限らない。男と女の肉体構造はちがう」

私は頷いた。Ｌ・Ｔはつづけた。

「お前がもし私にレイプされることを恐れているなら、心配する必要はない。私は性欲をコントロールする方法を知っている。必要なら、どんな長期間でも我慢することが可能だ。コントロールからの解放は、目的を果たしたあとでいい」

それをどこで、どんな相手とおこなうかは訊ねなかった。

奇妙なことになった。

私はL・Tが立ちさったあと、デスクに腰をおろして思った。

初めは、フクロウを捜しているのは、警察をのぞけば、私ひとりだった。私自身、フクロウを捜すのが目的であることは、阿仁をのぞけば、誰にも知られないようつとめてきた。

プロの殺し屋にとって、相手が警官や自分を狙う同業者でなくとも、必要以上に興味をもたれる人間の存在は危険である。

警察には鹿屋がいる。鹿屋がフクロウの仕事とかかわりあったのは、一年前の、多摩川の河原での殺し以来だ。

初め警察は、一連の射殺事件を、同一の犯人によるものとは特定できずにいた。使用された拳銃はすべて種類がちがうし、被害者にも共通点がなかったからだ。

だが、私や「ポット」の常連がその存在を知ったように、刑事たちの飼う「情報屋」たちが、フクロウの存在を嗅ぎつけた。

凄腕《すごうで》の殺し屋がいる。

女で、しかもいつも黒い服をまとっている。

仕事のあとは、必ず自分の目で現場を確かめにくる。

最初は一笑にふしていた刑事たちも、被疑者を絞りきれない射殺事件がつづくと、真にうけざるをえなくなった。

特に、鹿屋は真剣だった。殺しの手口を洗い直し、「喉を撃つ」という、フクロウのパターンを読みとった。

喉は、人体の部位の中でも、小さく、狙ってあてることは、接射でない限り、容易ではない。

フクロウは、接射にせよ、そうでないにせよ、必ず標的の喉を撃つ。

もちろん、喉だけでは確実に死ぬとは決まっていないので、頭や胸をそのほかにも撃つ。

フクロウの被害者が、すべて即死状態なのも、そのせいだ。仮りに、頭や胸に撃ちこまれた銃弾が急所を外れていても、喉を撃ってあれば、病院に運びこまれるまでの間に、出血多量で死亡する確率は高い。

そのことが、鹿屋ら刑事たちを色めきたたせた。まちがいなく、本職の殺し屋が存在する、というわけだ。

鹿屋らは最初、目撃者からフクロウの容姿を洗いだそうとした。そこでは、何の収穫もなかった。フクロウは、被害者の死の直前までは、常に「黒衣の女」として目撃されているが、そのあとがないのだ。

誰も、現場から立ちさる黒衣の女は見ていない。しかも、女の容貌に関しては、「美人だ」「そうでもなかった」、髪は、「長い」「短い」とさまざまな情報がある。唯一の共通点は、黒い洋服を着ている、ということだけだ。

つづいて、プロの殺し屋には必ず存在する「依頼主」の面から、フクロウを割りだそうと試みた。

被害者の死によって、利益をこうむる人物、たとえば、円山町のラブホテルでの殺しなら、跡目を争っていたやくざなどだ。

だが、自分の利益のために殺し屋まで雇って人を殺そうという連中が、かんじんの殺し屋すらつかまっていないのに、あっさりと依頼の事実を認める筈がない。

しかも仮りに認めたとしても、フクロウをつかまえ、犯行を自供させなければ、起訴にもちこむことは不可能である。依頼主とフクロウの接点を探る試みもおこなわれたが、フクロウは、犯行後はいっさい依頼主と接触しない。

事件が発覚した時点では、報酬はすべて支払われているのだ。

もしフクロウをつかまえようとするなら、警察は囮《おとり》捜査をするほかなかった。ほかならぬ警察が、フクロウに殺しを依頼し、標的を殺しに現われたところを逮捕するのだ。

もちろん、現在の日本の刑法では不可能なことだ。

だからといって、フクロウが、いつまでも安全に殺し屋稼業をつづけられるとは、誰も信じてはいない。

いずれは、被害者以外の人間に、はっきりと顔を目撃される。あるいは、何でもない不審訊問にひっかかって、凶器を所持しているところを見つかり、逮捕される。

おおかたの刑事たち、そして「ポット」のメンバーらは、そう思っていた。殺しを職業にして、天寿をまっとうした人間はいないのだから。

そういう意味では、鹿屋は例外だった。

鹿屋はフクロウ逮捕に執念を燃やしている。

何が彼をそうさせているのかは、私にはわからない。現場の刑事たちの中には、本職の殺し屋を、極端に危険視するのと、しない連中がいる。危険視するのは、殺し屋の存在が公然化すれば、暴力団のそれと同じように、こじれたトラブル処理に、いとも簡単に殺し屋を使おうとする「依頼主」があとをたたなくなる、と考える派。

さほど危険視しないのは、今の日本では殺し屋に狙われるのもまた、どうせロクでもない連中で、社会のダニがダニどうし殺しあっているに過ぎない。それに、本職とそうでないのの ちがいなど、早い話が、殺ったあとつかまるか、そうでないかだけのことで、その気になれば、人を殺すために雇える人間は、プロの殺し屋以外にもいくらでもいるのだから、ムキになるには及ばない、という考え方をする刑事たちだ。

私は、〝福耳〟のキットのカバーをはがし、スイッチを入れた。

きのうの今日で、フクロウが仕事をするとは、とても思えない。が、「反世界」の方の写真があった。

交通事故でも、酔っての刃傷沙汰《にんじようざた》でも何でもいい。ページをふくらませる写真が、円山町のラブホテルでの殺しのほかに、必要なのだ。

L・Tがここに移ってきても、この仕事の方は中断するわけにはいかない。「反世界」の原稿料が、現在の私にとって、唯一の収入源なのだ。それ以外、生活の支えとなる貯《たくわ》えが、まったくないといえば嘘になる。が、フクロウと出会える日が近い、と確信できるまで、今の仕事を中断するわけにはいかない。

電話が鳴った。デジタル無線機の中での洗いだしはつづいている。

私は受話器をとった。

「メジローか」

咳《せ》きこむような口調で、〝福耳〟の声がいった。

「ああ」

「何度も電話したんだ、なぜ連絡をくれない!?」

〝福耳〟は責めるようにいった。

「今帰ってきたところなんだ。いったい、どうしたんだ」

「あんたのところに、例の女がいくかもしれん。俺ぁ、俺ぁ、あんたの住所を喋っちまった……」

〝福耳〟の声が苦しげになった。

「なんだ、そんなことか。その女の目的は何なんだ？」

「フクロウだよ。あの女はひょっとしたら、フクロウを消すために、誰かに雇われたのかもしれん」

「わかった。もしその女がきたら、二〜三枚、写真を渡して追っ払う。気にするな」

「メジロー……」

〝福耳〟の声は沈んだ。

「すまない。あの女は、俺を運河に落とす、といった。泳ぎのできない俺を……」

私は驚いた。〝福耳〟はすすり泣いていたのだ。

「忘れろ。『ポット』にいって、一杯やって寝ちまえ」

「それが駄目なんだ」

「どうして」

「『ポット』が開いてねえんだよ」

〝福耳〟はいった。

「『ポット』が開いていない？」

私は訊き返した。

「ポット」の休みは日曜日だけだ。それ以外の日は、マークは絶対に店を休まない。決めたことは必ず守る。それがマークのやり方であり、それを知らない人間は「ポット」の常連にはいない。

「閉店となっているのか」

「何もでていない。看板の明りが消えているし、ドアの鍵もかかっている」

「電話は？」

「してみた。誰もでない」

私は考えた。私自身、マークとは話したいことがあった。だがそれは、マーク以外の人間には聞かれたくないし、その上、今日はいろいろなことがありすぎた。

これから「ポット」まででかけていくのは、正直な話、つらかった。

「しかたがない。マークに急用ができたのだろう。今夜はひとりで飲んで寝るんだな」

〝福耳〟は黙った。

「――あんた、やっぱり怒ってるんだ」

「何をだ」

「あの女に、あんたの住所を教えたことだよ。俺は、あんたがあの女に殺られるんじゃないかと思って、マークに電話をしたんだ。マークなら、あの女と、その、張りあえるかもしれないって」

「つまらんことを。気にするな。俺は大丈夫だ」

「メジロー」

「何だ」

「警察に頼んだ方がいいかもしれん」

「馬鹿をいうな。いいからもう、本当に寝ちまえ」

「……わかった」

「明日の晩でも、また『ポット』で会おう」

「ああ……」

「そのときに、女のことをもう少し詳しく聞かせてくれ」

「わかったよ」

「じゃあな」

私はいって、まだ何かいいたげな〝福耳〟を電話に残し、受話器をおろした。

異変がおきている。私は思った。

これまで、裏の世界なりに平穏を保ってきた、「ポット」とその仲間たちのあいだに、異変がおきている。

それはすべて、フクロウとつながっている。

ごく近い将来、私はフクロウと会うかもしれない。

その夜、ベッドに入り、明りを消した暗がりの中で、ふと私はそんな気がした。

そして、多くの死人がでる。

7

翌朝、キッチンでする物音が、私の目を覚まさせた。枕もとの時計は、八時を少し回った時刻を示していた。

物音がまた聞こえた。テーブルに食器をおくような、コトリ、という響きだった。

私は小さく息を吐きだした。昨夜、ドアに鍵をかけ忘れたわけではない。それに、たとえ鍵が開いていても、私には、勝手に入ってくるような友人はいない。

こそ泥か。夜間人口が少なくなるこのあたりで、事務所荒しは多い。が、もう夜はとうに明けている。こんな時間に仕事をするのは、よほど間抜けな泥棒だ。

私はそっとベッドから起きあがった。Tシャツにトランクス一枚という姿だった。

寝室に得物になりそうなものはないか、捜した。

寝酒に飲むバーボンの壜があった。三分の二が空いている。それを手にとり、栓を固くしめて、逆手につかんだ。

リビングとの境にあるドアは閉まっている。

右手に握った壜を掲げ、私は左手でさっとドアを押し開き、リビングにとびこんだ。

L・Tがデスクの前にかけ、コーヒーカップを手に私を見つめていた。驚いたようすはなく、訝《いぶか》しげに眉をひそめている。

L・Tは、グレイに赤いラインの入ったスウェットスーツを着て、腰にウエストポーチを巻きつけていた。

「朝の運動にバーボンを使うのか」

私は両手をだらりとおろした。

「そっちこそ、こんな朝早く、何してる」

「朝早く？」

いって、L・Tはマールボロをくわえた。

「ジョギングをし、シットアップをし、腕立て伏せをすませ、朝食を食べてからホテルをチェックアウトしてここにきたんだ。何が朝早く、だ？」

私はため息をついた。L・Tの表情は真剣そのものだった。

「日本人は働き者だというが、この街の日本人は皆、遅くまで寝ているんだな」

「よしてくれ。なぜこんな朝早くにきた？」

「決まっている。今日からお前とフクロウを捜すんだ」

何を馬鹿げたことをいう、といった顔つきでL・Tはいった。

「いいか、相手はプロの殺し屋だぞ。こんなに早くから、どこへいって捜すんだ。フクロウが電車に乗って、毎朝、どこかに通勤している、とでも思うのか」

L・Tは怒りもせずに私を見ていた。

「それから、勝手に鍵を開けて入るのはやめてくれ。パートナーとはいえ、ここは俺の住居だ。それなりの敬意を払ったらどうだ」

L・Tはカップからコーヒーをすすり、上目づかいで私にいった。

「血圧が低いのか」

「何だって――」

「血圧が低い人間は、朝は不機嫌だ。だが、起きてすぐ、一杯の水を飲んで、適度な運動をすれば、血圧は上昇する」

私は危うくバーボンの壜をL・Tに投げつけそうになり、思いとどまった。

かわりにL・Tの向かいのソファに腰をおろした。

「俺が起きるのは、いつも昼近くになってからだ。寝るのが明け方近くだからさ。だから、朝八時なんてのは、まだ俺にとっては真夜中なんだ」

「遊び呆けていた頃のジョンもそうだった。そのことが、大学での勉強に、ジョンが失敗した理由だ」

　L・Tは平然といった。

「あんたは俺に軍隊式の生活をさせたいのか」

「パートナーである以上、互いの思考パターンは理解しあわなければならない。そのためには生活パターンを一致させるのが一番だ」

「勘弁してくれ」

　私の言葉が聞こえなかったように、L・Tはつづけた。

「今日はまず、お前の体力を測定したい。どのていどで、お前に援護が必要となるかを知っておきたいんだ」

「何をいってるんだ」

「説明をしてもいいが、ずっとその格好でいるつもりか」

　L・Tはいって、私の前をじっと見つめた。

「わかったよ」

　私は立ちあがった。

「レディとして扱ってもらおうとは思わない。だが、パートナーとしての敬意は払ってもらおうか」

　少し前にいった私のセリフをそのままそっくり、L・Tは返した。

「オーケイ!」

　私は中指を立てて、L・Tにつきつけ、寝室に入った。

「服装は、私と同じものがいい。スポーツウエアをもっているか」

　リビングから、L・Tが声をかけた。私は返事をせず、スウェットパンツをはいてリビングに戻った。

「これでどうだ」

　L・Tはじっと私の体を見つめた。

「皮下脂肪はさほどついていないな。問題は持久力だ」

「本気で体力測定をする気なのか」

「今はまだ体が目覚めきっていない。マリーンではよく、就寝三時間以内の新兵をたたき起こして、訓練する。頭ではなく、体が自動的に動く癖をつけるためだ」

　L・Tは意地悪い笑みをうかべた。

「水を一杯飲め。大量は駄目だ。グラスに半分、または四分の一ていど」

「いやだといったら?」

「パートナーシップは崩壊する」

　つまり射殺される、ということだ。

　私はキッチンに立ち、水道の水をひと口飲んだ。

「で？」

ふりかえると、Ｌ・Ｔはすでに玄関にいた。ジョギングシューズをはいている。

「スポーツシューズはもっているか」

「そこにあるスニーカーなら」

「はくんだ」

私は不承ぶしょう、スニーカーをはいた。

Ｌ・Ｔはドアを開いた。

「鍵をかけるのを忘れるな」

「あのでかい銃をもっていくのか」

まさか、と思いながら訊ねた。Ｌ・Ｔは首をふり、スウェットパンツのすそをさっとめくった。陽にやけた筋肉質のふくらはぎに、その幅と同じくらいありそうな巨大なコンバットナイフが鞘《さや》に入ってベルトで留められていた。ひと振りで、私の首を切断しそうなほど刃渡りがある。

私はＬ・Ｔにつづいて廊下にでると、ドアに施錠した。

「階段を使って降りる」

Ｌ・Ｔはいって、さっさと走り始めた。マンションの階段は金属製で、建物の外壁にとりつけられている。

寝不足というほどではないが、まだ頭がぼんやりとしていて、口をきくのすら億劫《おっくう》だった。

L・Tは外の階段にでると、手すりにつかまることなく、降りだした。しかたなくそれにつづいて下った。

一階まで降りた時点で、少し息が切れていた。二基あるエレベータの、故障と点検が重なった一度きりをのぞいて、階段は使ったことがなかった。

地上に降りたっても、L・Tの足はストップせず、小刻みに足踏みをくりかえしている。

L・Tは冷ややかな目で私を見つめた。

「足は止めるな。常に動かしつづけるんだ。体を動かせば、頭は考えるのをやめる。戦場では、余分な頭を使わないことが、長生きにつながる」

「ここは、戦場、じゃ、ない」

「口も動かすな。いくぞ」

L・Tは走り始めた。

「くそっ」

私は吐きだし、あとを追った。

L・Tはすでにジョギングを終えたといっていたが、その疲れをみじんも感じさせせない足どりで、倉庫や輸送トラックのステーションを縫って走っていった。力強く、敏《びん》捷《しょう》なストライドは、小さな体の中いっぱいにモーターが詰まって、ぶんぶん唸《うな》りをたてて回転するさまを想像させる。

あっという間に、私の息はあがった。ここ何年もジョギングなどしたことがなかったのだ。走ることすら、せいぜい横断歩道の途中で信号が赤に変わったときくらいだ。

L・Tはときおり、背後をふりかえり、私との間に距離が開くと、その場でステップしながら、私を待った。

口を大きく開け、喉にひりつく空気を送りこみながら、私は走った。L・Tの言葉通り、頭は思考を停止していた。あるのは、やめたい、休みたい、すわりたい、という欲求だけだ。

「どうした？　もうギブアップか」

私が口を開け、よろよろと歩きだすと、L・Tはいった。

「も、もう駄目だ」

「まだ口が動かせるな。じゃあ、いこう」

「いやだ、動きたくない」

私は激しく首をふった。事実、限界だと思った。

私は道路のガードレールに腰をおろそうとした。

「すわるんじゃない！」

厳しい声でL・Tが叫び、私の肩をつきとばした。

「どうするっ、てんだ、そのナイフで、俺を刺す、のか」

私はやけくそになって笑った。かたわらを轟音《ごうおん》をたてて、長距離コンテナトラックが走りすぎる。

「新兵訓練と、まちがえてもらっちゃ、困る」

L・Tは私に近づき、無表情に私の目をのぞきこんだ。L・Tの手がさっとのび、私の急所をつかんだ。

私は息を詰まらせた。

「それでも男か。男でいたくないのなら、この場で、ひねり潰してやる」

本気の声だった。じょじょに加わる圧力に、私は悲鳴をあげた。

「わかった。わかった」

「じゃあ、走れ！」

L・Tはさっと手を離し、くるりと背を向けた。再び走りだす。

なんて女だ。いや、あんなのは女じゃない。私は怒りをこめてそのうしろ姿をにらみつけた。

あんな女に勝てなくたって、少しも恥ずかしいことはない。あの女は、戦うために、それこそ毎日、こんな訓練を重ねているのだ。

L・Tが離れたところでふりかえり、早くこい、というように手招きした。

私は走りだした。

走るといっても、もう早足で歩くのとかわらないくらいスピードが落ちている。

胸も喉も痛く、吐きけすら感じている。おまけに、視野が狭まるような苦しみがあった。

どれくらい走ったのだろうか。一キロか、二キロか。もっとかもしれない。

やがてL・Tは、くるりと向きをかえ、元きた道を戻るよう指示した。

私は両膝に手をつき、腰を折って、呼吸を整えた。言葉を口にする余裕はない。

それを見おろしながら、L・Tはいった。

「準備運動は終わりだ。帰りは、全力疾走で戻る」

私は喘《あえ》ぎながら首をふった。歩いて帰ることすらおぼつかなかった。

「いいか、思いきりだ。思いきり、速く走れ。倒れるまで走るんだ」

「で、できない」

「できるさ。もし、うしろから敵が追ってきて、お前を八ツ裂きにしようとしていると考えてみろ」

「いない」

「まだ頭が働くんだな。マトモなことを考える余裕があるうちは、体も動く」

L・Tはいって、今度は私の背後に回った。私は両手で前をおさえた。もう握ろうたって、そうはさせない。

が、突然、尻に鋭い痛みを感じて、私はとびのいた。

小さな、爪ヤスリのようなポケットナイフをL・Tはもっていた。鍵束がついている。

「ジョンの形見だ」

私は刺された尻に手をやった。血はでていない。少なくともスウェットパンツは濡《ぬ》れていない。もっとも、トランクスは汗でぐっしょり濡れて、区別がつかない。

L・Tは歯をむきだして笑った。

「止まるたび、お前の尻をこれでつつく」

「サディスト」

私はいって走りだした。つんのめるような走りかたになっているのが、自分でもわかった。いずれつまずいてころぶだろう。だがそれならそれでいい。倒れれば、休むことができるのだ。

自分がまっすぐに走っていないことがわかった。足がふらつき、自分の足に、もう片方の足がからんで倒れそうになる。

L・Tはあっというまに私を追いこし、しばらく先で私を待っている。

私をやりすごして、しばらくその場で見送ってから、再び追いぬいていく。その間、再び、L・Tはしゃがもうとした私の尻を刺した。今度は確実に血がでるほど深かった。

私は悲鳴をあげて走った。

そしてマンションから数百メートル手前まできたところで、敷石につまずいて倒れた。視界が暗くなり、無意識に前にだした手や、膝、胸にきた衝撃も、あまり強くは感じなかった。ただアスファルトの、頰に触れる感触だけが、冷《ひ》んやりと心地よい。

「……て」

L・Tの声が遠くから聞こえた。自分が失神しかけているのがわかった。それと同時に、よくもったものだ、とも思った。頭が感じた限界を、体は、さらに遠くにまでひきのばしたのだ。

誰かが私の腕をつかんだ。ぐんにゃりとした私の腕を、何かに回し、今度は私の腰をもちあげた。

自分の体が宙に浮くのがわかった。ひどく不思議な気分だった。何十年も前の、子供の頃をのぞいて、こんな風に、誰かにかつぎあげられたことはない。

私は意識を失っていた。

「ヘイ！」

という声に目を開いたのは、それからだいぶたってからのような気がする。

いきなり、小さな街が見えた。下を走る車や、高速道路、ガソリンスタンドや運河などを見おろしていた。

私は叫び声をあげた。

私の体は、マンションの階段から、手すりをこえ、空中に半分以上浮かんでいた。

両わきの下に入ったL・Tの手が、私の墜落をくいとめている。

「目が覚めたか」

耳もとで、L・Tがいった。

「な、何してるんだ！　おろしてくれ！」

「おろすって、手を離すのか」

「ちがう」

私は再び叫んだ。そこは、私のマンションの、八階の階段の踊り場だった。L・Tはここまで私をかつぎあげ、しかも、手すりから私の体を外に吊るしていたのだ。

私はおそるおそる首を回した。さすがにスウェットが色をかえるほど汗をかいたL・Tの顔が、すぐ真横にあった。

L・Tは歯をくいしばっていた。その歯の間からいった。

「だいぶ、くたびれて、きた」

「じゃあ、元に戻してくれ」

運河からふきあげる風が、私の頬をなでていった。

「戻すのはいいが、そこまで力が残っているかな」

「俺を殺す気か!?　戻せ！」

「戻すから、口を閉じて、いうことを聞け」

私は従った。

「まず、お前の右手をうしろにのばせ。手すりをつかむんだ」

L・Tの息が乱れているのを私は感じ、本当に恐怖がこみあげてきた。

「そこじゃない、もっと上、太いほうの手すりだ。そうだ。それだ」

私はうしろ手に手すりをつかんだ。

「よし、しっかり握っていろ。今度はお前の左手を私がつかむ。左手を離すからな。しっかり右手でつかんでいないと落ちるぞ」

「馬鹿、よせ。落ちる！」

私はいった。だが次の瞬間、私の左わきから手が抜かれ、私の体はバランスを失って、右手一本で宙吊りになりかけた。

が、一瞬後、L・Tの左手が、私の左手首をつかんでいた。

「今度は右手を抜くぞ」

右手の感触が消え、私は両手をうしろにやった状態で、胸をつきだすように、空中に浮いていた。

「よし」

「早くひっぱってくれ」

「宣誓をしてもらおうか」

満足したように、L・Tがいった。

「何だと？」

「私とのパートナーシップを命をかけて守る、と。私を裏切らない、だしぬかない、フクロウについてわかったことを、すべて私に話す、と」

「きたねえ……」

私は呻いた。

「宣誓を破れば、死をもって償うこともだ」

「脅迫だ」

「命をかけた宣誓だ」

私は唾をのみこんだ。胃がせりあがり、吐きたいほどの恐怖があった。

「わかった。誓う」

「命をかけて？」

「もうかけているだろう！　この野郎！」

私は怒鳴った。

次の瞬間、私の体は軽々ともちあげられていた。まるで空の段ボール箱を頭上に掲げるように、Ｌ・Ｔは私の体をかつぎあげ、廊下の内側におろした。

私はすわりこんだ。動けば本当に戻しそうだった。

涼しげに私を見おろす、Ｌ・Ｔの両膝が目の前にあった。

私はＬ・Ｔを見上げた。英語で、ありったけの罵りを浴びせてやった。

だがＬ・Ｔは、どこ吹く風、といったように受け流した。

「――くたびれた、といったのは嘘だったんだな」

しばらくたって、私はいった。

「あと十分くらいなら、もったな」

Ｌ・Ｔはにやりと笑っていった。

這《は》うようにして部屋に戻り、すわりこんだまま動けなかった。

「シャワーを浴びる」

私は返事のかわりに片手を動かした。でていくときに気がつかなかった、安物のトランクが、上がり框のかたわらにあった。Ｌ・Ｔはそれを手に、浴室に入った。

シャワーの音と、鼻唄が聞こえてきた。

ようやく私は立ちあがると、コーヒーメーカーに粉と水をいれ、スイッチをオンにした。

食欲などカケラもなかった。

L・Tは狂っている。アメリカにはよく、自分を世界一のタフガイだと思いこんでいる単純な筋肉馬鹿がいるが、L・Tはそれの女版だ。

しかも実地に兵士としての訓練を受けているから、タチが悪い。L・Tがやったのは、まさに、これから戦場に送るための新兵を養成する訓練と同じことだ。

思考回路が麻痺《まひ》するまで体を痛めつけ、次に本物の死の恐怖を味わわせる。それをくりかえすうちに、人間は、闘う本能がむきだしになった戦闘マシーンへと変貌していく。

まず撃つ。それから話せ。

殺られる前に、殺れ。

戦友以外は、すべて敵だ。気を許すな。

くりかえし、それを叩《たた》きこまれ、眠っていても扱えるほど、武器に習熟し、殺人技を鍛えあげていくのだ。

L・Tが浴室から現われた。Tシャツにショートパンツという格好に着がえている。私は手にしていたコーヒーをカップに注ぎ、しかし口に運ぶ気力もなく、はいったコーヒーをカップに注ぎ、しかし口に運ぶ気力もなく、私は手にしていた。

Tシャツの胸は、女である証《あか》しにつんと盛りあがっている。が、腕と足の筋肉は、とても女とは思えないほどだ。太腿《ふともも》のつけねとウエストは、同じくらいの太さがある。

私の手のコーヒーカップを見て、L・Tはいった。

「朝食は食べない主義なのか」

私はL・Tを見た。

「食べられないいんだ。誰かのおかげで胃袋がおりたたまれちまったんでね」

L・Tは鼻先で笑った。

「きのうの夜、冷蔵庫を見たら何も入ってなかった。だから今日、ここにくる前に、少し買物をしておいた」

私は無言で立ちあがり、冷蔵庫を開いた。

卵、ハム、ベーコン、チーズ、レタス、トマト、キュウリ、ダイエットコーラ、などが入っていた。食パンもあった。

「日本のパンは最低だな。あれはパンじゃない」

「あんたこそ人間じゃない」

L・Tは頷いてみせた。

「私の訓練生は、皆、そういうよ。お前は女じゃない。しばらくすると、人間でもない、ってね」

L・Tは冷蔵庫の前に立つ私をおしのけ、中身に手をのばした。

「何をするつもりだ」

私はぼんやりと訊ねた。

「食事を作るのさ。使ったぶんのカロリーは補給しないと」

「勝手にしてくれ」

私はいって、寝室に向かい、ベッドに倒れこんだ。

足の裏やふくらはぎ、背中の一部が痛んだ。もちろん、もう一度眠りに戻れるとは思っていない。

あおむけに寝そべり、天井を見あげた。

女と一緒に暮らしたのは、アメリカにいたときだった。二十五で、私より年上の、黒人と白人の混血の女だった。踊りの勉強をしたくて、ルイジアナからニューヨークにでてきていた。十五の頃から地元のカフェテリアで働いていて、ハムエッグスを焼く手並みは見事だった。カリカリの白身の部分と、ふっくらとして、中はまだ生に近い黄身のバランスが絶妙なのだ。

早朝のレッスンがない日、女はよくハムエッグスを作ってくれた。無口だが、ワインを飲むと、よくルイジアナの話をした。彼女を女にしたのは、父親の弟だった。十三のときで、近所でひとり暮らしをしている、その叔父に、いいくるめられ体を許したのだ。叔父との関係がいやになって、十六で家出をし、まずダラスにいった。ダラスでしばらく働き、金を貯《た》めて、ニューヨークにでてきたのだ。

ニューヨークの日本料理店で夜、働きながら、ブロードウェイをめざしていた。

キャロライン、といった。私は、キャル、と呼んでいた。セックスは淡白なほうだったが、するときは本気でした。まず自分が一度いき、そのあとは、いくらでも私が満足するまで、手や口を使って私の体を愛した。

キャルの身長は、一七八センチ。ハイヒールをはくと二〇センチ近く、私より高くなった。

ドアがノックされた。

「お前のぶんも作った。カロリーの補給をするんだ」

ドアを開け、L・Tが首をだしていった。同時に、いい香りが流れこんだ。

私はベッドを降りた。

テーブルに、よく焼いたベーコンとフライドエッグをはさみこんだサンドイッチがおかれていた。

私は無言でL・Tの向かいに腰をおろした。L・Tは、サンドイッチのパンを開き、たっぷりとハインツのケチャップをたらした。

日本に帰ってきてからも、国産のケチャップの甘さにどうしても馴染《なじ》めず、私はハインツを使っている。

L・Tはサンドイッチにかぶりついた。私もサンドイッチを手にとった。さっきより空腹感が現実のものとなっていた。

ひと口食べた。悪くなかった。

「マリーンでは料理も教えるのか」

L・Tは私をにらんだ。指先についたケチャップをなめ、いった。

「私が料理するのは、似あわないというのか」

私は肩をすくめた。

「これを食べたら、今後の作戦をたてるんだ。どうやってフクロウを見つけだすか」

私は頷き、サンドイッチを食べつづけた。この女兵士と縁を切るには、早急にフクロウを見つけだすほかない。

そのためには、今までの私のやり方とはちがう手段をとらなければならなかった。

「ボディガードをやる気はあるか？」

サンドイッチを食べ終えると、コーヒーを飲みながら、私はいった。

「ボディガード？　お前の、か」

L・Tは眉を吊りあげていった。

「俺のじゃない。フクロウが狙うかもしれない、人物のだ」

L・Tは沈黙し、マールボロに火をつけた。無言でふた口ほど吸い、訊ねた。

「誰のことだ？」

「俺にもわからない」

私が答えると、鼻先で、ハッと笑った。

「まさかフクロウを雇って、誰かを狙わせようというのじゃないだろうな」

「そうじゃない。俺の知りあいが、そいつもプロのボディガードだが、フクロウが狙うかもしれないある人物のガードをオファーされているらしいのだ」

「パートナーを捜しているのか」

「腕の立つ、な」

「本当にフクロウが狙ってくるのか」

私は肩をすくめた。

「それはやってみるまでわからん。が、殺したがっているのは、相当の大物らしい。つまり、手間賃にいとめをつけないということだ。そういう連中は、なるべく確実なプロを雇う。東京で一番確実なプロといえば、フクロウだ」

L・Tはマールボロのフィルターをぐっと嚙《か》みしめ、私を見つめた。私がL・Tをはめるつもりなのではないかと、疑っているようだ。

「俺の知りあいは、フクロウを相手にするなら、腕の立つ奴とチームを作らなければならないと感じている。あるいはもう、誰かとチームを組んだかもしれない。その場合、この話は成立しない」

「お前はその方法が、フクロウを見つけるのに最も有効だと思うのか」

「最もかどうかはわからん。が、俺は、フクロウらしい人間の顔を撮っている。今まで、フクロウの顔を知っていて、フクロウと戦った人間はいない」

L・Tは考えていた。

「お前の友人は信頼できる人間か?」

「わからん」

私はあっさりといった。

「フクロウを相手にするとなれば命がけだ。命がけのときに、本当に信頼できるかどうかなんて、ふだんどうやって判断するんだ」

L・Tは小さく頷いた。

「――いいだろう。お前の考えを試してみよう。それがフクロウを見つけだすよい方法なら」

「だったら、俺に時間をくれ」

「何の?」

「話がつくまで、俺をひとりで自由に行動させてくれ、というんだ。あんたを連れていきなり知りあいのところに乗りこんでも、パートナーにしてくれるかどうかわからん。

そうだろ？」

L・Tは鋭い目になった。

「私に嘘はつくな。命をかけた宣誓をしたのを忘れるな」

「俺を信用しないのなら、この話はなしだ。俺は、自分の信用をかけて、友人にあんたを紹介するんだ」

私は強い口調でいった。さんざん痛めつけられ、脅迫されてもなお、私はL・Tをどこか信じる気になっていた。この女兵士は、たぶん地獄の底までいっても、戦友を裏切ることはしないだろう。ただし、本当に戦友だと、L・Tが信じた相手に限るが。

シェリルとL・Tを組ませて、フクロウにあたるとすれば、私には、L・Tの信用が絶対に必要だった。L・Tは、私がなぜフクロウを追っているかを知らない。L・Tとシェリルがパートナーとなったとき、私はL・Tにすべてを話さなければならない。なぜなら、L・Tからシェリルに、私について必要以上の話をしないよう、口止めしなければならないからだ。

口止めは、その理由なくしては、果たされない。つまり、私はL・Tにすべて話すというわけだ。

私がL・Tを信用する以上に、L・Tが私を信じなければ、それは不可能だ。だからこそ、私は、倒れるまでL・Tの「訓練」に耐え、命をかけての宣誓をしてもなお、

L・Tとのパートナーシップを認めたのだ。

射殺される恐怖が、すべての原動力になったのではない。

L・Tがフクロウと対決し、フクロウに殺される結果となっても、それはしかたがないと私は思っていた。なぜなら、対決は、フクロウではなく、L・Tが望んだことだからだ。

パートナーといっても、私が、L・Tの仇《かたき》をとる、という関係ではない。私の目的は、フクロウであるかもしれない、ひとりの人物と会うことだ。そして、その人物に、どうしても伝えたいことがあるのだ。

それをL・Tに話す決心はあった。が、むろん、今ではない。

「お前にとって大切な友人なのか」

L・Tは訊ねた。

「俺に大切なのは、その友人から得た信用だ。その友人の信用をなくす、ということは、その友人も含む、あるグループの信用をなくすことにつながる」

L・Tはマールボロの煙を強く吐きだし、私を見つめた。

「お前がフクロウとつながっていないという確証を、私はもっていない。お前は、過去において、フクロウを知っていたと、私に告げた」

「そのときの俺の言葉を信じるなら、今の俺の言葉も信じることだ」

私は冷ややかにいった。

L・Tは無表情になり、やがていった。

「信ずることは、どこかで思いきることだ、と私のダディはいった。一度信じた人間が、自分を傷つけても、それは傷つけた人間が悪いのではなく、信じた自分が悪いのだ」

自分にいい聞かせるような口調だった。

「そして、疑いをもとうと思えば、自分以外のすべての人に対し、永久にもちつづけるのは簡単なことだ。だから、信じると決めたときには、未来における自分の被害も含めて、覚悟を決めろ、と。人を信じるために、時間をかけるのは馬鹿げたことだ、ともいった。

自分が他人から見て、本当に信用に足る人間ならば、自分が信じたい人間に、裏切り者はいない。裏切り者になるような奴が、裏切り者を信じるのだ……」

「あんたの父親は、本物の男をあんたに教えたかったようだな」

L・Tが笑った。その笑顔は一瞬にして、L・Tの顔に人なつこさを与えた。

L・Tはいった。

「お前を信じる。友人との連絡がついたら、私を呼びだせばいい」

「わかった」

私は頷き、つづけた。

「待つんだ。とにかく今は」

その日の夜十時過ぎまで、私は〝福耳〟のキットを使って、写真を撮る仕事をした。

L・Tが、〝福耳〟から買ったキットは、梱包《こんぽう》され、私の部屋の押入れにしまいこまれた。

夕方、大井《おおい》のコンテナ埠頭《ふとう》で荷崩れ事故が起きた。その写真を撮ろうと車を走らせている最中、蒲田《かまた》のゲームセンターで、従業員が客に刺されるという事件の報告がキットに入ってきた。

私はそちらに向かい、現場の写真を、逮捕された少年の顔も含め、撮影することに成功した。

フィルムは現像せず、そのまま四谷の「反世界」編集部に届けた。円山町の殺しとあわせれば、今月の写真原稿としては充分だった。その晩は、編集部に泊まった。


翌日の夜九時頃、私は阿仁とともに、四谷の小料理屋にいた。「反世界」の入稿を泊まりこみで手伝い、終えたあとだった。

「妙なことになった」

私はいった。私はビールをちびちびと飲み、阿仁は焼酎のロックをなめている。

「なんだ?」

「おととい、あんたがいっていた、ハワイでの殺しの仇をとろうというのが現われた。俺のところにいる」

「なに？　どうやってお前さんをつきとめたんだ」

「『ポット』だ。マークを通じて、俺に辿りついたのさ」

阿仁は顎をひき、べっ甲縁の眼鏡の奥から私をまじまじと見つめた。

「『ポット』を調べただと？」

私は頷いて、L・Tのことを阿仁に話した。私はL・Tに、部屋と車の合い鍵を渡してあった。この二日間、L・Tは、東京の地理に少しでも早く慣れようと、地図を片手に走り回っている筈だった。

私が話している間、阿仁は酒を飲まず、煙草だけを吸っていた。

「なんてことだ。下手をすると、お前さんの正体が連中に知られてしまうぞ」

「仕方がない。L・Tに賭けてみようかと思っている」

私はいった。

「お前さん、何年かかった？」

「アメリカから帰ってきて、あんたに会ったのが七年前だ。それから四年、奴のことを調べ回った。その間に、連中の中に溶けこんだのさ」

「そうだろう。お前さんがうちに写真を載せるようになってからだけで三年になる」

阿仁は腕組みをした。

「まあ、お前さんの素姓がばれたからといって、すぐに目的が知れるというものでもないだろうがな」

「連中は俺を野良犬だと思っている。まちがっちゃいない」

「血統書つきの野良犬か？」

阿仁は皮肉めいた笑いかたをした。

「いいか、メジロー。お前もわかってるかもしれんが、ああいう連中は、決してマトモな社会に生きている人間を信用しない。自分からきっちり一線をひいてるんだ。お前の素姓がわかったとたん、お前に本当のことを話すような奴はひとりもいなくなるぞ」

「それはわかってる」

阿仁のいう通りだった。「ポット」のメンバーで、本名を使っている人間はひとりもいない。ある意味では本名など無意味だし、彼らは、自分がどこで生まれ、どこから流れてきて、今ここにいるかを、容易に語ろうとはしない。まして、仕事が何で、自分以外ではどんな人間が関わっているかとなれば、なおさらだ。

警察を嫌い、また警察からもつけ狙われ、たとえ身の危険を感ずることがあっても、決して誰かを頼りにはしない。

ある日、路地裏で刺し殺されたり、頭に一発撃ちこまれた姿で東京湾に浮かぶような目にあっても、それはそれで仕方がない、と思って暮らしている。

かつて家族がいたとしても、今はいない。自らつながりを断っているか、向こうから断たれている。そしてこの先、家族をもつこともない。

法律書は、彼らにとり無意味なものだ。法を犯そうが犯すまいが、その仕事が彼らにとり、唯一のものである以上、それをするしかない。

マトモに働けば、いくらでも生活の道はあるだろう、と考えるのは、ああいう連中を知らない人間、つまり普通の世界の住人の考えである。

あの連中だって、生まれたときからこんな生き方をしようとは思ってはいなかったろう。だが、それぞれの人生で起きた、さまざまな出来事が、彼らを、好むと好まざるとにかかわらず、この世界におしやってきたのだ。

それはとどのつまり、この世界でしか生きていけない、ということを世間が彼らに証明してみせたようなものなのだ。

もちろん、だからといって、彼らが世間を恨んでいるわけではない。シェリルのように若い人間であっても、心はもはや、そんな気持を抱くほど子供ではない。

ただありのままの自分を受けいれ、その自分ができることをつづけていくだけだ。

そのかわり、自分が生きていくことを拒否された、まともな社会の人間に対しては、決して心を開くことはしないだろう。

あんたも俺も、いつ野垂れ死んでもおかしくない、またそうなったからといって、恨みっこなしだ――互いにそんな気持をもてる相手とだけ、つきあうのだ。

しかも、互いの過去を根ほり葉ほり訊くのがタブーである以上、相手が同じタイプの人間だと納得するには時間がかかる。

私が「ポット」の常連として、彼らに認められ、中に溶けこむには、それだけの時間の代価を支払ったということなのだ。

それはとりもなおさず、鹿屋のような警察官からは、目の仇にされ、社会の害虫扱いされるのを受けいれる結果にもなる。なぜなら、そうして入りこんだ世界には、独特の匂いがあり、鹿屋ら刑事たちは、それを体臭のように敏感に嗅ぎわけるからだ。――こいつらはマトモじゃない。どこかでパクるか、くたばった姿を見つけるだろうよ。

鹿屋は、私や「ポット」のメンバーを見るとき、そう思うにちがいないのだ。

それが俗にいう、刑事の嗅覚、という代物である。


「考えてみりゃ皮肉だな。連中に信用されるために苦労して、その苦労の結果が、刑事の目の仇にされることなんだからな。目の仇にされたあげく、化けの皮をひっぱがされて、連中から嫌われる羽目になる」

私はいった。阿仁は小さく頷いた。

「だがそれを望んだのは、メジロー、お前自身だ」

「そうさ。だから俺は今もあんたに感謝している」

九年前、アメリカから九年ぶりに戻ってきた私が、新宿のバーでバーテンをしているときに知りあったのが阿仁だった。阿仁はすぐに、私がそこでバーテンをやっているのには別の理由があることを見抜いた。

そしてある夜、店がはねてから、彼に連れられていった店で、私は自分の目的を話した。そのとき、阿仁はいった。

「お前さん、自分の名前も育ちも、身につけた教養も、全部捨てることができるか？」

私にはその言葉の意味がわからなかった。

「だから、まったく別の人間になれるかと訊いてるんだ。ひょっとしたら、お前さん自身も、街で会ったら避けたくなるような、嫌な奴にだ」

「わからない」

私は正直にいった。

「できるかもしれないし、できないかもしれない」

「いいか、人間の育ちって奴は、どうやっても隠しおおせようのないものだ。育ちの悪い野郎が、どんなうわべの行儀作法を身につけたって、そいつがちょっとでも人目につかないと思ったところだったり、酔っぱらったときには、地がでちまうものなんだ。反対に、育ちのいい奴はいい奴で、どれだけアウトロウを気取ったって、本物の中に交じれば、すぐにばれる。そっちの方が、もっとばれやすいものさ。そうさな――」

いって、阿仁は当時もうすべて白かった髪をなでたものだ。

「この髪をどんなにうまく黒く染めたって、ようく見りゃ、もとが白いってことがわかっちまうのと同じだ。お前さんのような本物の黒い髪をもっている連中と頭を並べりゃ、な。今のお前さんがそうだ。精いっぱい、ワルを気取って、あのバーでチンピラぶってるが、お前さんの本質はちがう。それに、お前さんがいくらワルになったとしても、あんなところで鼻をきかしたって、お前さんの欲しがってるものは手に入らんぜ」

「どうすりゃいいんですか？」

「自分の育ちをまずすべて捨てることだ。そして本物のアウトサイダーになれ。いいか、アウトロウじゃない、アウトサイダーだ。こいつは似てるようでちがう。あのバーには、アウトロウは来るが、アウトサイダーはいない。本物は、アウトサイダーだ。ケチなやくざや、下らん凶状もちとつきあったって、お前さんの知りたいことは、何も知っちゃいない。お前さんが目的を達するためには、お前さん自身がアウトサイダーになることだ。ひょっとしたらお前さんは、自分が留置場にぶちこまれてでも、連中から知りたい情報を手に入れようと思っていたのじゃないか」

私は阿仁の勘の鋭さに舌を巻いた。その通りだった。目的を果たすために、新宿でバーテンダーになったのだが、そのときの私は、少しも裏の世界の情報を手に入れることができず、あせっていた。

　こうなったら、筋者とケンカでもして、自分自身の経歴に傷をつけるしか手がないかもしれない――そうとすら思いはじめていた矢先だったのだ。

「たとえそうなっても、お前さんが知りたいその世界に近づくためには何年もかかるぞ。その間に、下手をすれば、お前さんは指をとばし、墨をしょい、目的を果たしたあとも、もう二度ともとの世界には戻れない人間になっている」

　それはそれでいい、と私はいった。自分の目的を果たしたあとのことなど、そのときの私は何も考えていなかった。

　阿仁は首をふった。

「そいつはちがう。そんなことまでしても、結局は、何年もかかるかもしれん。それにお前さんは、筋者には向いてない。お前さんの本性は、アウトサイダーにはなれるかもしれないが、アウトロウにはなれんよ。いいか、アウトサイダーってのは、やくざじゃない。プロだ。犯罪かもしれん仕事を、本業としてやり、しかも組織にはいっさい属していないような人間たちだ。自分以外にはいっさい心を許さず、過去も未来もない。しかもアウトロウとアウトサイダーのちがいは、仲間がいないってことだけじゃない。法律を犯しつづければ、アウトロウには誰でもなれるが、アウトサイダーには、それだけじゃない、別の理由が必要だ。まったく別の理由がな」

「そいつはいったい何だい？」

「口じゃ説明できん。人それぞれだしな。だがお前さんがアウトサイダーの世界に入ればわかるだろう。そして、その世界にきっと、お前さんが求めている情報の手がかりがある」

「あんたがその世界に俺をひっぱっていってくれるのか」

「ちがうな。俺にできるのは、その世界の戸口にあたる場所を教えるだけだ。あとはお前さんがノックをするのさ。

扉が開いて、お前さんを迎えいれてくれるかどうか、それはお前さんしだいだ」

阿仁はいったのだった。

やがて、私は阿仁の紹介で、ひとりの男と知りあった。その男は「ポット」の常連で、インディアン風の置き物や、壁飾りを作り、それを自宅を改造した店で売っている、ハンドクラフトの職人だった。

その職人は、口の堅いアシスタントを捜していた。私は、その男の助手になった。

男には、もうひとつの商売があった。それは、宝飾品の贋作《がんさく》づくりだった。

その腕前は、天才的といってよかった。日本だけでなく、海外からも注文があった。

贋作というと、使《つか》い途《みち》に犯罪にからむものを想像することが多いが、欧米の大金持たちは、高価なネックレスやブレスレットなどを購入すると、保険として、贋作を作らせるのだ。

奇妙な話だが、金持たちは、そうして贋作を作らせると、本物は金庫にしまっておき、パーティなどの公の場には、必ずといっていいほど、贋作の方を身につけてでかけていくという。もちろん、その贋作が、宝石に詳しいような人物が見て、ひと目でニセモノとわかるようなできであれば、そうはいかない。

専門の職人が、手にとってルーペで調べて、初めて、贋作とわかるようなできばえなのである。

当然、といっていいだろうが、贋作といってもそのレベルになると、十万、二十万の費用で作れるものではない。しかも、本物そっくりにするためには、自分の目で実物を確認しなければならない。

その男は、それをするために、たびたび自宅をあけた。ヨーロッパが行先の大半だったが、旅行中、新たな注文が入った場合、応える人間が必要だったのだ。

私は、十八から二十七までの九年間、アメリカにいた。おかげで英語には不自由しない。

彼の望む、運転手兼留守番役のアシスタントにはぴったりだった。

彼の作った贋作が犯罪に使用されなかったかといえば、私にはよくわからない。私は不定期に、彼のアシスタントを務めたが、中には贋作の製作費だけとは思えない、高額の振込通知を銀行から受けたこともある。

それに、使用目的が犯罪にいっさい関わらないのなら、彼は堂々と、商売の看板を掲げることができた筈だ。

彼はひどい人嫌いで、週に一度、「ポット」を訪れるほかは、家の外にでることがほとんどなかった。

私は彼のために、日用品の買出しにでかけ、食事もつくった。ホモセクシュアルではなかったが女嫌いで、自宅にはいっさい女を入れなかった。

あるとき、一度だけ、その理由をいった。

「宝石が関わると、女は狂う」

私とは、ほんの十ちがいだったが、四十一のとき、持病の心臓発作で死亡した。

ある朝、ウィーンにでかけることになっていた彼を、空港まで送ろうと自宅まで迎えにいくと、荷造りの終わったスーツケースにつっぷしていた。

あたりには、細工につかう石が散乱していた。美しい光景だった。

その部屋は、磨きぬいた板ばりで、床の上に、赤や青、そして透明の石が散らばり、カーテンのすきまからさしこむ朝日を乱反射していたのだ。

それに囲まれるように、ヴィトンの大きなスーツケースによりかかって、彼は目をみひらいていた。痩せて、生まれてこのかた、ほとんど陽にあたったことのないような、白い肌を、彼はしていた。

みひらいた目の、すぐそばに、大きな赤い石があった。その石の反射する、赤い光が、額の中央にあたり、みっつめの目のようだったのを覚えている。

彼に身寄りはなかった。

私は散らばっている石を集め、贋作の作業に彼が使っていた道具や写真をひとまとめにして、自分の車のトランクに積みこんだ。その中には、彼の「顧客」のリストもあった。

それから「ポット」に車を走らせた。すでに店は閉まっていたが、マークを起こし、わけを話して、荷物を預かってもらった。その上で、店にとってかえすと、警察を呼んだのだった。

警察は、彼が贋作づくりの名人だとは、ついに気づかず、病死として簡単に処理をした。

何日かして、私はマークに呼びだしを受けた。「ポット」にでかけていった私に、マークは、彼の遺品をさしだした。

「あんたに感謝している人間がいる。何人かな。あんたが、奴の商売を継ぐ気があるかどうか、その連中は知りたがっている。あとを継ぐなら、これはあんたのものだ」

「俺にはできない。俺がしていたのは電話番だけだ」

「そうか。じゃあ、これはいらないな」

いらない、といいかけ、私はその中から、ひとつだけ、赤い石をもらえるか、と訊ねた。彼の額に、みっつめの目をこしらえていた、あの赤い石だった。

「かまわない」

と、マークはいった。そして遺品をひっこめ、白い封筒をとりだした。

「じゃあこれを受けとれ」

現金が入っているのは明らかだった。私は首をふった。

「この石だけでいい。それと、これからは、ひとりでもここにきていいかい」

マークはじっと私を見つめた。その頃には、私は、ここが、阿仁のいった戸口だということに気づいていた。

「仕事を捜しているのか」

「今度は、自分で何かをやりたいんだ」

私はいった。

マークはしばらくたって、いった。

「いいんじゃないか。ルールは、知ってるな」

そのつもりだ、と私は答えた。

やがて「ポット」の近くに部屋を借りることができ、私は、阿仁の雑誌に写真を寄稿するようになったのだ。

「それまでに四年かかったわけだ、日本に帰ってきて」

私はいった。

「あっというまだったよ。お前さんはうまくやった。〝コマンチ〟の死を無駄にしなかった」

阿仁が短くなった煙草を灰皿におしつけ、いった。その指は、ニコチンで黄色く染まっている。

〝コマンチ〟というのが、贋作職人の名だった。

〝コマンチ〟のもとにいた間、私は、自分が何のためにアメリカから戻ってきたかを、ひと言も喋らなかった。もちろん、今に至ってもだ。

知っているのは、阿仁しかいない。

「とにかく、L・Tと組んで、フクロウと対決できなければ、このあとどれくらいかかるか想像もつかない」

「そうだな……」

阿仁は吐息をついた。

「あの店をフクロウが偶然に訪れるなんてことはありえそうにない」

いってから、私は、〝福耳〟が二日前の晩にかけてきた電話のことを思いだした。「ポット」が開いてなかったというのだ。

あの夜の予感は正しかったのではないか。

私は立ちあがった。

「どうした？　帰るのか」

真剣な表情で阿仁が私を見あげた。

「『ポット』にいってみる」

私は小料理屋のピンク電話から自分の部屋に電話を入れた。あらかじめ決めておいた合図のコールをしたが、Ｌ・Ｔはでなかった。

どうやらまだでかけているようだ。

リモートコントロールで留守番電話を作動させてみた。何のメッセージも入っていない。

阿仁に別れを告げ、私は小料理屋をでた。

通りかかったタクシーを拾い、私は「ポット」の前で、十一時少し前に降りた。

「ポット」の看板の灯《あかり》が、消えていた。

8

私は少し退《さが》って、「ポット」の二階を見あげた。二階も含め、窓に明りはついていない。

「ポット」の扉には、休業を断わるような貼り紙の類いはなかった。もっとも、私が初めて「ポット」に足を踏みいれて以来、そんな貼り紙を一度として見たことはない。定休日以外に店を休まないのが、マークだからだ。

その夜は、今までの気候とかわり、肌寒いほど涼しくなっていた。私は、暗い「ポット」の前にたたずみながら、ポロシャツからむきだしの腕が鳥肌だつのを感じた。

何か異様だった。

そのとき、「ポット」の内部で小さな音がしたように思った。かすかな軋《きし》みのような、床の上を重いものが動いたときにたてる音だ。

店の中で電話が鳴り始めた。

私は動かず、耳をすませた。電話は鳴りつづけ、やがて誰も応えないとあきらめたのか、鳴り止《や》んだ。

私は「ポット」のドアノブをつかんだ。ゆっくりとノブを回し、引いた。

だが私が引く力より、強い勢いで、内側から不意に押し開かれ、私はのけぞった。

ペンシル型のライトを膝にのせた〝福耳〟が車椅子にのって、そこにいた。

「メジロー！」

「〝福耳〟、何をしているんだ」

〝福耳〟も驚いたようだった。目を眼鏡の奥でいっぱいに広げ、私を見つめていた。涼しい晩なのに、〝福耳〟から、強い汗の匂いがした。

「こ、今夜も開いてないんで、ひょっとしたらと思って……」

〝福耳〟は口ごもりながらいった。

「鍵はかかっていなかったのか」

「いや……」

〝福耳〟はつぶやいて目を伏せた。膝の上にペンライトと並んで、鍵を開けるのに使ったらしい道具があった。

「マークは、お前が勝手に入ったことを知ったら気を悪くするぜ」

「黙っててくれ、メジロー」

哀願するように〝福耳〟はいった。私は無言で〝福耳〟を見つめ、頷いた。なんとも好奇心の強い男だ。

「中に何かあったか？」

〃福耳〃は首をふり、背後をふりかえった。

「何も、何も変わったことはないよ。ただ、二階は見てない。あがれないからな」

私は〃福耳〃のかたわらを抜け、「ポット」の店内に入った。

店の明りのスイッチの場所は知っていた。スイッチを入れると、無人の店内が照らしだされた。

カウンターの上に、きちんと畳まれたダスターがのり、洗った灰皿やグラスが積まれていた。

店を閉めたあとか開ける前に、マークはでていったのだ。

私はカウンターの端にある、二階へとのぼる階段を見つめた。

「二階に声はかけたか」

〃福耳〃は首をふった。

私はカウンターをのりこえ、内側に入った。カウンターの内側も、いかにもマークらしく、きちんと整頓され、床板は乾いていた。

階段の下までいくと、私は声をかけた。

「マーク、マーク」

二階へとのぼる階段は急で、途中から暗がりになっている。

「な、な、変だろう」

車椅子の向きをかえ、私の動きを見ていた〝福耳〟がいった。

私は答えず、階段をのぼった。

階段の頂上に、ドアがあった。ドアの手前にスイッチがあり、オンにすると階段の踊り場に吊るされた電灯がともった。

ドアは合板の薄いものだ。私はそれをノックした。

「マーク」

返事はなかった。ドアにはノブがなく、弓形の把手《とって》がついているだけだ。

私はそれをつかみ、押した。

踊り場の明りが中に流れ込み、フローリングカーペットをしきつめた室内が私の目に入ってきた。

部屋の中央にセミダブルのベッドがあった。ベッドのこちら側に、木と布でできた椅子とテーブルのセットがおかれ、奥に、ヨーロッパスタイルのホテルなどによくあるロールトップデスクがおかれていた。入って右手が運河に面した窓になっていて、反対側にドアがいくつかある。

二階も無人だった。ベッドには、畝織りのカバーがきちんとかけられていた。

私は室内に入っていった。

ドアはふたつあり、ひとつは作りつけのクローゼットで、もうひとつがバスルームだった。

どちらもきちんと片付いている。クローゼットの一番奥には、軍服が吊るされていた。中に女物の洋服はない。

マークに妻がいる、というのはただの噂でしかなかったのだ。

私はロールトップデスクに歩みよった。デスクには写真立てがおかれ、壁に勲章と賞状が貼ってあった。デスクの上のスタンドを点《つ》けた。

デスクの上に、メモやノートの類いはない。

私は写真立てを手にとった。

装甲車の上で、迷彩服を着け、M16アサルトライフルを手にした男たちがポーズをとっている。背景は、土漠《どばく》のような、ほこりっぽい、背の低い草しか見あたらない荒れ地だ。強い陽光が、男たちの顔にはっきりとしたコントラストを作っていた。

男たちの中央、装甲車の砲塔に馬のりになってポーズをとっているのがマークだった。東洋人はマークしかいない。マークは右手で膝にのせたM16を抱き、左手をかたわらの戦友の肩にかけていた。

白い歯が光っている。

写真の下方に、手書きのサインが寄せ書きされていた。

しばらくそれを見つめ、私はそっとデスクの上に戻した。この部屋に入ったことは、マークには決して告げないつもりだった。

下の店で電話が鳴り始めた。

「メジロー!」

〝福耳〟が呼んでいる。

私は明りを消し、階下に降りていった。

〝福耳〟は、カウンターの上におかれた電話を見つめていた。

私が最後の段を降りようとしたとき、〝福耳〟の右手がおそるおそる受話器にのばされようとしていた。

「でるな!」

私は低い声で叫んだ。が、遅かった。〝福耳〟の手が受話器をとりあげ、耳にあてていた。

〝福耳〟はあせったように私を見つめ、それでも受話器に話しかけた。

「はい、『ポット』です」

私はいらだたしさをこらえ、天井を見あげた。マークには、勝手に侵入したことを知られたくなかった。

「は、はい。ちょっと待って」

〝福耳〟は受話器を耳から外し、私を見た。

「あんたにだ、メジロー」

私は大またで〝福耳〟に歩みより、受話器を受けとった。〝福耳〟をにらみつけ、小声でいった。

「でるなといったろう」

〝福耳〟はおどおどと首をすくめた。

「メジローだ」

私は受話器にいった。

L・Tの声が私の耳に流れこんだ。

「私だ。アパートに電話をしてもつかまらないから、そこかと思ってかけてみたんだ」

〝福耳〟がじっと私を見つめていた。

「何だ?」

「今、ハネダエアポートの近くにいる。ケイヒンジマという島だ。道路がつながっている」

「知っている。きのう、そこのすぐそばにいた」

「お前の車を借りて走っている間、車の無線キットのスイッチを入れていた。この島で男の死体が見つかった。海に面した草むらの中だ」

「それで?」

「死体の特徴は片腕とあった」

私は受話器を握りしめた。

「見たのか」

「私が着いたときには運びだされるところだった。だが、腕を見た。左腕にタトゥーがあった。小さな刺青だが、同じものを私のクアンティコの仲間が――」

「わかった」

私はL・Tの言葉をさえぎった。マークだ。

「死因は？」

「喉と腹」

私は目をつぶった。L・Tの声は低く、しかし怒りに燃えていた。

「これから捜す。写真の男を」

「そうか。駄目だったら？」

「お前の部屋に戻る」

「額から左目にかけて傷跡のある刑事がいる筈だ。その男が鹿屋だ。気をつけろ」

「わかった」

電話は切れた。

私は受話器を手に、〝福耳〟を見た。

「何だったんだ?」

怯えたように、〝福耳〟はいった。

受話器を戻し、いった。

「マークが死んだ」

〝福耳〟の目が、眼鏡いっぱいに広がった。

「なんでだ」

「フクロウに殺された」

「どうして……」

私は首をふった。私にもわからなかった。あるいは、フクロウと接触しようとしたのか。

マークには、L・Tとシェリルという、ふたつの理由があった。特にL・Tだ。手は貸せない、そういったにもかかわらず、マークは動いた。自分の命を助けた戦友からの紹介状をもった日系アメリカ人の女兵士のために、マークは動いたのだ。

何年も街にでず、行動もしていなかったマークが、フクロウを見つけるために、でていったのだ。

マークは悩んだのだろうか。L・Tに、〝福耳〟ひとりを紹介することでカタをつけようとした自分を許せなかったのだろうか。

フクロウを、自分の手で消そうとしたのだろうか。

マークの判断はまちがっていなかった。リタイアして何年もたつ男が、現役のトッププロとやりあって勝てる筈がなかったのだ。

にもかかわらず、マークはそうしたのだ。

L・Tのため、というよりは、自分のためだったのだろう。自分の借りを返したかったのだ。

無謀だった。

そして私にとっても、マークの死は、大きな痛みだった。

「フクロウは俺たちを狙っているのか」

蒼白になった〝福耳〟がいった。

「馬鹿なことをいうな」

「変じゃないか。なぜマークが殺される」

はっとしたように〝福耳〟は口をつぐんだ。

「――今の声、あの電話の声、覚えがあるぞ！」

「そんなことより、早くここをでるんだ。マークの身許を知ったら、警察がくるぞ」

「あの女だ。俺を嚇した、あの男女《おとこおんな》だ」

〝福耳〟がいって、私を見つめた。

「いったいどういうことだ。どうなってるんだよ……」

「俺にもわからんよ」

私はいって、〃福耳〃の車椅子の背中の部分をつかんだ。

「とにかくここをでよう」

「嫌だ。メジロー、あんたとあの女はどんな関係なんだ。まさかあの女がマークを殺したんじゃないだろうな――」

「馬鹿をいうな」

私はいって車椅子を勢いよく押した。「ポット」をでていった。

「鍵をもう一度かけられるか？」

「あ、ああ」

〃福耳〃は頷いた。大きく拡大された目に、不信と恐怖があった。

「じゃあかけるんだ」

〃福耳〃は膝の上の道具をとりあげた。「ポット」のドアの鍵穴にさしこみ、いじり回していたが、やがてひき抜いていった。

「かかったよ」

私はノブをつかんで回した。確かに鍵はかかっていた。

車椅子の向きをかえ、〃福耳〃の住居まで押していく。表にでた〃福耳〃は黙りこんだ。いったい何が起きているのかを、けんめいに考えているようだ。

〝福耳〟は「ポット」から、ほんの数百メートルほど離れた、小さな一戸建てに住んでいた。倉庫と商店の間にはさまれ、七、八坪しかないような細長い平屋の建物だ。

玄関のドアは自動ドアになっていて、〝福耳〟がいつももち歩いているリモコンに反応して開閉する。

中は電子部品や工具、そして〝福耳〟が作ったさまざまな製品を並べた棚で足の踏み場もない。

床はコンクリートがむきだしで、奥に手すりのついたベッドと作業机がある。流し台も含め、すべてのものが車椅子の位置から手が届く高さに改装してあった。

〝福耳〟を作業机の前まで押していった。机の下には、青や赤や黄、さまざまな色のコードが複雑にからみあってひとつのかたまりになったのが落ちている。

それを蹴って私は車椅子の向きをかえ、ベッドの方に向けた。ベッドの横に小型の冷蔵庫がブロック台の上にのせてあった。一番下の棚のものも、椅子の上からとりやすくするためだ。そこから缶ビールを二本とりだし、一本を〝福耳〟の膝の上にほうった。

〝福耳〟にかまわず、私はビールの栓を開け、ベッドに腰をおろした。ビールを流しこむと、自分が思っていたより喉が渇いていたことがわかった。

缶は一気に半分まで減った。

〃福耳〃はまだ缶に触れようとせず、私を見つめている。

私はビールを手に、煙草をくわえた。火をつける。

デスクの上にコードレス電話があった。くわえ煙草のまま手をのばした。

一〇四を押し、でた交換手に、赤坂にあるナイトクラブの電話番号を訊ねた。

案内がテープで流れるまでの間、灰皿を捜した。

「床でいい」

気づいたのか、〃福耳〃がぼそっといった。私は床に灰を落とした。

ナイトクラブの番号がわかると、それを押した。でた人間に告げた。

背景にフラメンコのギターサウンドがあった。

「シェリルさんを――」

「――はい、シェリルです」

しばらくして、シェリルの声が聞こえた。

「メジローだ。マークが死んだ。殺されたんだ。警察がくるから、『ポット』には近よるな」

私はいった。息を呑《の》む気配があり、やがてシェリルがいった。

「うそ……。今、どこにいるの？」

「〃福耳〃のうちだ。マークの死体は、さっき羽田の京浜島で見つかった」

「それを今話すと長くなる。あとで会いたいんだ。この間あんたが話していた仕事の件も含めて」

「どうして——」

「いいわ」

シェリルは即座に決断した。

「青山の、外苑西通りから墓地の中に入っていく道、わかる？」

「スキーショップのあるところか」

「ええ。あの道を入っていって、つきあたる少し手前に『イゾルデ』っていうバーがある。二時間くらいのうちに、そこで」

私は時計を見た。十二時少し前だった。

「わかった」

「あなたひとり？」

「とりあえず、俺ひとりだ」

「いいわ。もし何かいわれたら、わたしの名前をだして。そこではリサで通ってる」

「リサ、だな」

「ええ」

「いってるよ」

私はいって、電話のスイッチを切った。

電話をデスクに戻すと、〝福耳〟がビールを口もとからおろすところだった。

「俺には何も話しちゃくれないのかよ」

すねたような口調でいった。

私は息を吸いこみ、ビールの残りを飲み干した。空になった缶に煙草を落としこんだ。ジュッという音を聞き、私は口を開いた。

「お前を嚇した女の名前は、L・T。日系アメリカ人で、現役の海兵隊員だ。L・Tは、弟をフクロウに殺され、復讐しに日本にやってきた。L・Tとマークには、共通の友人がいた。そいつは昔、マークの命を救ったことがある」

〝福耳〟は目をみひらき、私を見つめていた。とぎれとぎれにいう。

「じゃあ……俺、俺のことをあの女に教えたのは、マ、マークなのか」

「そうだ」

「奴は店の客を売ったのか」

「誤解するな」

私は鋭くいった。

「L・Tは、お巡りでもないし、『ポット』の客の命を狙っていたわけでもない。ただフクロウの居場所をつきとめるのに必要な情報を得られるかもしれない人間として、マークはお前のことを教えたんだ」

「だけど、あの女は俺を嚇したんだ」

「本気じゃなかったさ。それに、あの女の目的は、お前ではない誰か、つまりこの場合、俺だが、フクロウを見つけるのに役立つ人間の名を知りたかったんだ」

〝福耳〟は目を伏せた。

「俺が喋ったんだ。フクロウのことを知ってそうな奴はいないかと訊かれて、俺はほかに心あたりがなかった」

「それだけじゃないだろう」

少し残酷なような気もしたが、私はいった。

「マークやカッターの名をだせば、連中のところにL・Tがいき、大ごとになるかもしれない。そのとき、連中から自分が吊るしあげられるのが怖かった。マークがL・Tの知り合いだとはお前は知らなかったからな。その点、俺なら、L・Tは簡単に嚇せる。お前と同じようにビビって、L・Tのいうことを聞く。同じ恨まれるにしても、カッターなんかに恨まれるよりはマシだ、そう思ったのじゃないか」

〝福耳〟は顔を歪《ゆが》めた。

「でも、俺は、ちゃんとあんたに話した。あの女があんたのところにいくかもしれない、って」

「そう、確かにきたよ。銃をつきつけられた。だが、L・Tの話を聞いて、俺も協力する気になった」

「なんでだ？」

「俺には俺の理由があるんだ」

「あんたもフクロウを消したいのか？」

「そんなセリフを不用意にあちこちで喋ると、マークと同じ目にあうぞ」

私は警告した。〝福耳〟は青ざめ、黙った。

「とにかく、しばらくは表をうろつくな。それと、キットのスイッチを入れて、耳をすましておけ。常連の誰かから連絡があったら、マークが死んだことだけをいって、L・Tのことは黙ってろ。いいな」

〝福耳〟は無言で頷いた。

「ごちそうさん」

私は空き缶をデスクにおき、出口に向かった。

「メジロー……」

ドアのところまでいくと〝福耳〟が背後から声をかけた。私はふりかえった。

「あんた、本当は、何者なんだ？」

〝福耳〟は光るレンズの奥から私を見て訊ねた。

「メジローさ。それだけだ」

私は答え、〝福耳〟の家をでていった。

9

「イゾルデ」は、外壁をレンガでこしらえた、どっしりとしたバーだった。レンガにはアイビーがからみつき、その触手は、入口のドアの上に固定されたスポットライトにまで及んでいる。

レンガの沈んだ赤と、アイビーの緑が、スポットライトの反射を浴びて、青山墓地の奥にうずくまるようにして建つ店を浮かびあがらせていた。

中は照明が暗く、厚みのある一枚板のカウンターが走っていた。ガラスばりのキャビネットには「ポット」とは比べものにならないほど、酒が揃っている。

カウンターの中に男がふたりいた。ひと目で、こちら側の世界の人間だとわかった。身長は一八〇センチ以上、体重も一〇〇キロはあるだろう。腕のつけ根の太さは、私の太腿ほどもある。

体を商売道具にしている。たぶん、レスラー出身だろう。無表情で油断のない目は、ドアを押して入った私をじっと観察していた。

「リサと待ちあわせた」

カウンターには、銀髪でスーツを着た男と、ドレス姿の女のカップルがいた。

私はバーテンダーの男が頷くのを待って、ストゥールに腰をおろした。大男たちは、同じように頭をスポーツ刈りにして、色ちがいのポロシャツを筋肉ではちきれんばかりにふくらませている。

双子だった。

「何を飲みます?」

大男のひとりが私の前に立っていった。ひどいしゃがれ声だった。

「ビールを」

私がこたえると、白く冷えたグラスとハイネケンの壜を並べた。

銀髪の男はかなり酔っているようだが、飲み方はこころえていた。大きな声をだしかけると、大男のどちらかが前に立ち、小さく首をふった。それでおとなしくなる。静かに飲むことを義務づけられた店のようだ。

私がビールを飲み始めて十五分ほどすると、カップルは立ちあがった。勘定を女が払い、でていった。

それとほぼ入れちがいに、シェリルが現われた。シェリルは、淡いベージュの、体の線を強調するスーツを着けていた。銀と黒のハイヒールだ。

ひどく緊張した表情で私の隣にすわり、ジントニックを注文した。バッグから煙草をだし、火をつけた。指が震えていた。

顔をまっすぐ前に向け、私に横顔を見せたまま煙を吐きだした。低い声だった。

「本当なの」

「本当だ」

シェリルは煙草を口に運び、ため息とともに煙をもう一度吐いた。

「なぜ」

「フクロウ」

私はいった。シェリルはさっと目を大男のひとりに向けた。聞こえないふりをしていた大男がシェリルを見かえした。

「マークは、フクロウと争《あらそ》ったのだと思う。理由があった」

私はいった。

「何なの?」

「君と、それから彼の命の恩人に紹介された、L・Tという女のためだ」

私はL・Tについて、シェリルに説明した。現役のマリーンで、フクロウに復讐するために日本にきたこと。今は私とチームを組んでいること、を話した。

シェリルはこわばった表情で、ひとことも口をはさまず耳を傾けた。

「マークは、お前さんやL・Tに、フクロウとやりあってほしくなかった。できることなら、フクロウを自分の手で片付けたくなったのだろう」

「どうしてそんな馬鹿なことを。マークはわたしにやめろといったのよ」

「俺にはわからんさ。マークは、自分なら勝てると思ったのかもしれん」

「そんな……」

あるいは、シェリルがかかわっている件から手をひけ、と頼みたかったのか。そしてL・Tとぶつからないように、しばらくどこかにいっていてくれと。

もしそうならば、そう思うことじたい、すでにマークにはヤキが回っていたことになる。

シェリルは耐えるように目を閉じた。

「例の件はどうなったんだ」

「受けたわ。明日から一週間、お店を休むことにした」

「一週間？」

シェリルは目を開けた。

「一週間たつと、依頼人は旅にでるの。だからそれまで」

「今は？」

シェリルは首をふった。話せない、という意味だ。

「チームは組んだのか」

「わたし？　いいえ。ひとりで受けたわ」

「組む気はあるか」

シェリルは私を驚いたように見つめた。

「あなたと？　メジロー」

「いや、今話したL・Tとだ」

「実力がわからない相手とは組めないわ」

「試してみろよ」

「馬鹿なこといわないで」

シェリルは私から目をそらし、ジントニックのグラスをもちあげた。

「L・Tはフクロウの命をほしがっている。マークがいったいどうやってフクロウと会ったのかはわからないが、その方法さえわかれば、すぐにでも勝負をしようとするだろう」

「マークはいろいろな伝《つて》をもっていたわ。でもそのことをわたしたちに話してくれたことはなかった」

「L・Tに、フクロウと会う方法を教えなかったのはなぜかな」

「勝ち目がない、と踏んだからでしょう」

「そうじゃないとすれば？」

「そうじゃないってどういうこと」

「俺はマークの部屋にあがったよ。奥さんがいるという話は嘘だった。マークはひとりで暮らしていた。女がいたかもしれないが」

「まさか、メジロー、あなた何をいいたいの？」

シェリルは目をみひらいて私を見つめた。

「わからない。フクロウ本人に訊いてみなけりゃ何もわからんが。シェリル、ひとつ教えてくれ」

「何」

「マークは男が好きだったか」

シェリルはあっけにとられたような顔をした。

「どういうこと」

「いいから。お前さんならわかる筈だ。マークが男を愛せる奴だったかどうか」

「セックスで？」

「そうだ」

シェリルは鋭い目で私を見つめ、答えた。

「ええ。彼は、そう、よ。わたしも手術をする前、彼と寝たことがある」

私は頷いた。

「説明して」

「フクロウは男だ、たぶん」

「なんですって」

「女装の好きな、男だ」

「なぜそんなことがあなたにわかるの」

「もちろんひとりではないかもしれない。女装の好きな男と、もうひとりの男の、コンビかもしれん」

「答えてよ。どうしてあなたにそれがわかるの？」

シェリルは真剣な表情になっていた。

「L・Tをテストするか」

シェリルは私を見つめ、喉を鳴らした。

マークが死んだ今、私は私の秘密をシェリルにかくしておく必要がなくなりかけているのを感じていた。私は私の目的のため、フクロウと会おうとして、「ポット」の世界に入りこんだ。しかし、「ポット」は消えてしまった。マークの死とともに。

「それが条件なの」

「そうだ。俺はずっとフクロウを追っていた」

シェリルはあっけにとられたように、口を開いた。

「えっ」

「その理由を、L・Tをテストしたら話す」

シェリルの目に浮かんだ光は、ついさっき、私が〝福耳〟の目の奥に見たものと同じだった。

不信と警戒心だ。

シェリルはしばらく無言で私を見つめ、頷いた。

「いいわ。彼女を連れてくれれば」

「電話を貸してくれ」

私は大男にいった。


一時間後、L・Tが「イゾルデ」に現われた。私の部屋に戻っていたのを呼びだしたのだ。

L・Tは、タンクトップに裾のすぼまったチノパンをはき、だっぷりしたフードつきのハーフコートを着こんでいた。コートの素材はゴムとビニールだ。

L・Tがドアを開けてはいってきた瞬間から、シェリルは見つめていた。L・Tは怒っているような表情をしていた。フクロウを見つけられなかったことがいらだたせている。

「彼女がそうなのね」

「そうだ」

「イゾルデ」には、ほかの客はいなかった。

L・Tは戸口に立ちはだかり、並んですわる私とシェリル、そしてカウンターの中の大男の双子を見つめた。

「すわれよ、L・T」

「何の用だ」

L・Tの目がシェリルに向けられた。その目はあきらかにシェリルを気にいっていなかった。シェリルを女だとL・Tが思うなら、ふたりは対極の容姿をもっていた。

「ボディガードの話を覚えているか」

「忘れるわけはないだろう」

L・Tはいらだったようにいった。私は息を吐いた。きのうからずっと、長い一日がつづいているような気分だった。

「いいからすわれ。すごんでばかりいないで、俺の話も聞け」

L・Tは私の隣、シェリルの反対側に腰をおろした。

「何か飲め」

大男のひとりが近づいた。Ｌ・Ｔはアメリカ人の発音で、

「トニックウォーター」

と注文した。

「紹介しよう、彼女はシェリル、ここではリサ、か。そしてこっちがＬ・Ｔだ」

Ｌ・Ｔは敵意のこもった目をシェリルに向け、アルコールが一滴も入っていないグラスをもちあげた。

「ハイ」

シェリルは無言で頷きかえした。

「Ｌ・Ｔ、シェリルがきのうの朝話した、ボディガードのパートナーだ」

Ｌ・Ｔは怪訝《けげん》そうに私を見た。

「何だって」

「シェリルはプロのボディガードだ。そして、シェリルと組めば、あんたが捜している人間と出会えるかもしれない」

「信じられない。この女のどこがプロのボディガードなんだ。私には、ただの――」

その先をいいかけ、飲みこんだ。私がシェリルを〝友人〟といっていたのを思いだしたようだ。私はいった。

「彼女は、あんたの実力を知りたがっている。チームを組むなら、当然の話だ」

L・Tの頰に苦笑いが浮かんだ。

「このレディが私をテストするのか」

私はシェリルを見た。シェリルはカウンターの中の大男を向いていった。

「椿《つばき》、いい？」

「ああ、いいよ」

椿と呼ばれた双子の片方はしわがれ声で答えた。

「ただし、その姐《ねえ》さんの腰のものは勘弁してくれ」

シェリルは頷き、私の前に手をさしだした。

「L・T、聞いての通りよ。わたしはある人をガードすることになってる。フクロウがその人を狙うかもしれない。フクロウは強敵だわ。わたしがチームをもつなら、フクロウを敵に回せるだけのバディを選びたいの。もしテストを受ける気があるなら、腰のガンをわたしに預けて」

L・Tは大男とシェリルを交互に見、最後に私を見た。

「信じろ」

私はいった。

L・Tはコートの前をはねると、ウエストに吊ったデトニクスをひきぬいた。シェリルの掌にのせた。

「ありがとう」

シェリルはいった。

もうひとりの大男が、カウンターの内側の何かに触れた。カチッという音がして、入口のスポットライトが消えた。「イゾルデ」は閉店したのだ。

シェリルは拳銃を私の前においた。

「あなたがもっていて、メジロー」

私は頷いた。

「椿は、今までも何回か、わたしのバックアップをしてくれたことがある。でも今回、彼は受けなかった。フクロウと争《や》りたくないからって。L・T、あなたが椿より実力が上なら、わたしには組む価値のある人ってことになる」

「ここでテストするのか」

それがL・Tの返事だった。

「店の裏にいこう」

椿が何の感情もこもらない声でいった。

私たちは「イゾルデ」の裏に回った。そこは墓地に囲まれた小さな空き地で、隅に、双子のものとおぼしい、チョッパーハンドルの大型バイクが二台とめられていた。

裏側の出入口にもスポットライトがついており、双子の片割れがスイッチを入れた。バイクのクロームメッキされたパーツが光を反射した。

椿とL・Tは、ライトのあたる空き地の中央で向かいあった。残った双子が、バイクの一台に尻をのせ、腕を組んだ。

「どこまでやるんだ、リサ」

椿がいった。シェリルが私を見た。

「任せる」

私はいった。それ以外、いいようがなかった。私自身、L・Tの実力がどのていどなのか知らない。体力はきのうの朝知ったが、それは戦闘能力とはちがう。

L・Tが双子の片割れを見た。

「お前がレフェリーだ。どちらかに戦う意欲がなくなったと思ったら、止めろ」

「いい、牡丹《ぼたん》？」

「わかった」

シェリルの問いに、バイクの上の大男が頷いた。

L・Tの言葉に椿が鼻白んだ。

「俺は女を痛めつけるのは好きじゃないんだ。あまり、怒らせないでくれ」

「無駄口を叩いてないでこい」

L・Tがいって、腰を落とした。

椿がそれでも、L・Tをなめてかかっているのは明らかだった。小さく首をふったからだ。

L・Tの目にスパークのような怒りがきらめいた。次の瞬間、椿の股間を蹴りが襲った。

椿は平然としていた。大の男なら、あの位置を蹴られればのたうちまわる。だが、椿は表情をまったくかえなかった。

「俺にそいつは利かないぜ、姐さん」

私は以前何かの本で、レスラーや相撲とりには急所の部分を体内におしこんでしまう技術がある、と書かれていたのを読んだことを思いだした。

L・Tは蹴りを放ったあと、すっとうしろに退り、不審げに椿を見つめた。

「まあ、じゃあ一発くらったことだ。お返しさせてもらうか」

椿がいった。そして目にもとまらぬスピードの張り手をL・Tにかませた。

L・Tの首がぐいとねじれ、体が地面に叩きつけられた。

私のかたわらに立つシェリルがほっと息を吐いた。勝負がついたと思ったのだろう。

L・Tがむっくり起きあがった。地面にツバを吐き、英語で低く悪態をついた。

L・Tの左足が風車のように回転し、椿の側頭部を襲った。今度は椿の首がかしいだ。

左足が地面につくと、右足が舞った。その爪先は椿の顔面をとらえ、鼻血がぱっととび散った。連続する回し蹴りだった。

椿が悲鳴をあげた。鼻の先端には神経が集中していて、そこへの打撃はひどい痛みをもたらす。

が、椿は戦意を喪失したわけではなかった。両腕をのばし、次のL・Tの蹴りをブロックした。そしてL・Tの左足をかかえこんだ。

L・Tの右足が地面を蹴った。左足を椿に預けたまま、体を宙に浮かべると、もう一度椿の顔を右足で蹴ろうとしたのだ。

椿がさっと両手を離し、のけぞった。L・Tの足は空を蹴り、そのまま地面にどさっと落下した。

L・Tは体をひねりながら受け身の体勢で着地した。すばやく立ちあがろうとするのを、椿がおさえこんだ。左腕をL・Tの首の下に入れ、右手を梃子《てこ》にする。

L・Tの体が沈んだ。絞まる前に背負い投げをかけようというのだ。が、椿はそれを察知して腰を落とした。

そのぶん締めが弱まり、L・Tにチャンスが生じた。L・Tはそれを逃さず、右の踵《かかと》で思いきり椿の足の爪先を蹴った。そしてその反動を利用して、後頭部で椿の顔に頭突きを見舞った。

一度打たれた場所を再度打たれ、椿の手がさすがに離れた。椿の腕の中でL・Tがくるりと反転した。今度は額を使った頭突きが容赦なく椿の顔面に浴びせられた。

椿の手があがり、顔をブロックした。顔面は真紅に染まっている。

L・Tの左手がさっとあがった。拳を握るようにして、親指だけをまっすぐ立てている。その親指が鋭く、椿の右のわき下につき刺さった。

椿が「うっ」と呻いた。右腕が痺《しび》れて使いものにならなくなるツボだった。右手がさがり、左手が宙をさまよった。

L・Tが右肘を畳み、高く掲げて、体をひねった。肘の少し下の固い骨が、椿の顎をとらえた。骨を打つ鈍い音がした。

L・Tの唇からも血が滴《したた》っていた。L・Tは拳をほとんど使っていなかった。椿が顔をゆがめ、ふらふらと後退した。L・Tがすかさず間合いを詰めて、椿の右腕をとらえた。

まだ感覚の戻らない右腕をつかまれ、椿は左の拳をふりまわした。それを軽く外し、自分の体に巻きつけるようにしてL・Tは椿の右腕をひねりあげた。

「くっ」

呻きながら椿が右肩をはねあげた。L・Tの顔に一瞬、驚きが浮かんだ。椿は関節技をきめられるのを嫌い、自分から肩を外してみせたのだった。

その間《ま》を突いて、椿の左拳がL・Tの顔に打ちこまれた。ショートジャブだったが、L・Tは地面に転がった。

椿の左手が右の腕のつけ根をつかんだ。歯をくいしばって、関節をもと通りはめこんだ。

L・Tが横たわったまま両足で椿の足をはさみこんだ。膝の裏を蹴ってバランスを崩させた。椿は外そうとひねりながら倒れこんだ。

L・Tが先に立ち、立ちあがろうと地面についた椿の腕を蹴った。椿の右手がその足首をとらえた。右手に力が戻っていた。

だがそれを待っていたように、L・Tが今度は右を下にして倒れこんだ。右肘を固め、左手で手首を支えている。狙いはあやまたず、椿の腎臓につき刺さった。

椿が喘いだ。右手がゆるみ、L・Tは足の自由を回復した。

椿はさすがにすぐには立ちあがれなかった。L・Tは充分に力を貯えた蹴りを椿のコメカミに叩きこんだ。

椿の体がくるっと地面の上で回転した。あおむけになったところで、L・Tは再び右足をひいた。狙いは椿の喉だった。

パン、と大きな音がした。牡丹が掌を打ちあわせたのだった。

「もういい。勝負はついた」

Ｌ・Ｔがさっと牡丹をふりかえった。唇と鼻から出血し、顔の半分にべっとりと泥がついている。すばやく目を、地面の椿に戻した。

椿は起きあがれずにいた。Ｌ・Ｔの最後の蹴りが入れば、喉仏を潰されたろう。

「リサ、やめさせろ」

牡丹がいった。緊張した声だった。

「Ｌ・Ｔ、テストは終わりよ」

Ｌ・Ｔは右足をおろし、数歩後退すると大きく深呼吸した。

「まだ、終わっちゃ、いない」

腫れはじめた唇を動かした。

椿はようやく肘を使って、上半身をおこしたところだった。左の手で頭の血をぬぐい、ぶるっと頭をふって、Ｌ・Ｔを見た。

「――どこで習ったんだ」

濁《だ》み声《ごえ》でいった。

「お前には関係ない」

椿は立ちあがり、シェリルを見やると肩で息をしながら頷いてみせた。

「リサ、見ての通りだ。この姐さんが習ったのは、町の道場やジムでは教えていないような技ばかりだ。日本じゃない」

そしてL・Tに右手をさしだした。

「あんたの勝ちだ。俺は二度とあんたとはやらない。死にたくないからな」

L・Tは無言でその手を握った。

「たいしたものね」

シェリルが低い声でいった。胸の前で腕を組んでいる。

L・Tは椿に頷いてみせ、くるりとシェリルに向きなおった。

「テストはまだ終わっていない」

「やめとけ」

意図を察した椿がL・Tにいったが遅かった。

L・Tの左足が鋭く踏みだされ、右足が空を切ってくりだされた。シェリルの左側頭部を狙った蹴りだった。

シェリルの左腕がぱっとそれをブロックした。次の瞬間、ビリッという布地の裂ける音がして、L・Tが喘いだ。

シェリルの形のよい右膝が、L・Tの顎のま下で止まっていた。すばらしいスピードだった。

L・Tはのけぞるようにたたらを踏んで退った。

「ムエ・タイ、か」

「それとテコンドー」

　踵の細いハイヒール一本で、全身の体重を支えてみせたシェリルの技に、L・Tは唖《あ》然《ぜん》としたようだ。

「あなたの顎を砕きたくなかったから」

　シェリルは膝をおろすと、なにごともなかったようにいった。スリットのようにスカートの裾が裂け、太腿があらわになっていた。

　シェリルは私を見た。

「スカートを駄目にされたことを別にすれば、彼女に文句はないわ。それに銃の方も使えるんでしょ」

「本人に訊いてくれ」

　私は煙草に火をつけていった。

　シェリルはL・Tを見た。

「飾りに吊るしてるわけじゃない」

　L・Tは憮《ぶ》然《ぜん》としていった。

「いいわ。失礼なことをしてごめんなさい。水に流してくれる？」

　L・Tはじっとシェリルを見つめた。

「ひとつ訊いていいか」

「何？」

「あんたは美人だ。男は皆、あんたを抱きたいと思うだろう。あんたはそれを利用できる。なのになぜ、プロのボディガードなんかになった？」

シェリルの表情がこわばった。大男ふたりは聞こえなかったふりをした。

「メジロー」

シェリルがいった。

「俺は何も話していない」

「そう」

シェリルは小さく頷いた。そしてL・Tを見すえた。

「あなたはわたしをうらやむの？」

「今はうらやまない。昔はうらやんだかもしれない。ジュニアハイスクールやハイスクールの一年目くらいまで、私は多くのクラスメイトの女の子をうらやんだ。女らしい、大きな胸、細い腰、きれいな肌を、うらやましいと思った。ハイスクール二年のとき、わかった。私はどんなに努力しても、男が抱きたいと思うような女にはならない。髪をのばし、ダイエットをしても、クラスの男たちは、私を笑うだけだ」

シェリルは私をちらりと見て、大きく息を吐いた。

「それでもあなたを、わたしはうらやむかもしれない」

「なぜだ」

L・Tは理解できないというように眉をひそめた。

「わたしは作られた女だから」

L・Tの目が広がった。

「この胸も、顔も、そしてあそこも、全部、作りものだから」

L・Tは私を見た。

「本当なのか」

私は頷いた。

「信じられない」

L・Tはつぶやいた。

「中に入ろう。俺からも話すことがある」

私はいった。シェリルは即座に頷いた。

「ええ、わたしも聞きたいわ」

L・Tが私を見つめた。

「何を、だ」

「俺とフクロウの関係だ」

私は煙草を地面に落とし、踏み消して、いった。

10

再び「イゾルデ」のカウンターに私たちは並んだ。

三人ぶんの飲み物をそろえると、牡丹がいった。

「俺たちは、一時間ばかりでかけることにする。椿の治療をしなけりゃならん。それに、この旦那の話を、俺たちは聞く必要がないし、聞きたくもない。酒がなくなったら、好きなものを飲んでくれ。ただし俺たちが戻るまで、誰かは残っていてくれよ」

シェリルは頷いた。

「ありがとう、牡丹」

ふたりの大男は裏口からでていき、バイクの排気音が轟《とどろ》いた。

L・Tは、氷を包んだおしぼりを牡丹からもらい、口にあてがっている。拳銃はすでにその腰に戻っていた。

バイクの轟音が遠ざかるのを、新しいハイネケンを飲みながら、私は聞いていた。

やがて静けさが「イゾルデ」を包みこんだ。私は空になったビアグラスをカウンターに戻し、シェリルを見た。

「シラト光学、というのを知っているか」

私はシェリルに訊ねた。

「シラト光学？」

シェリルは訊き返した。

「聞いたことがあるような気がするわ。たぶん、まだわたしが中学生の頃、新聞でその名前を見たような——」

私は頷いた。シェリルがはっきりその名を知らないとしても無理はない。

L・Tはまったく心あたりがない、という表情を浮かべている。アメリカ人であるL・Tが知らなくとも、不思議はない。

「シラト光学は、小さいが精巧なカメラ機材を作ることで知られていた会社だった。が、十二年前、社長で設計主任でもあった、白戸了介《りようすけ》と、妻の苑子《そのこ》、そしてお手伝いを含む三名が刺殺され、住居に放火されて全焼し、会社そのものが消滅した。白戸了介の死後、シラト光学は、大手のカメラメーカーに合併吸収されたのだ」

「思いだしたわ。確か、その息子が、両親とお手伝いを殺した、という事件じゃない」

シェリルの言葉に私は頷いた。

「白戸了介と苑子には、二人の息子がいた。犯人として逮捕されたのは次男だった。次男は、了介と愛人の間にできた子供で、八歳のときに愛人のもとからひきとられ、白戸家の養子になった。事件が起きたのは、それから七年後だ」

「それとあなたがどういう関係があるの」

「白戸家の長男が、俺だ」

私はいった。

シェリルとL・Tが、私を無言で見つめた。

「俺の本名は白戸英一《えいいち》、次男は貢《みつぐ》。俺と貢は七歳ちがいだ。だから貢は、現在、二十七になる筈だ」

私は、ハイネケンをひと口飲んだ。

「俺の親父は、技術者としては天才だったが、人間としては独善的で、まわりの気持をいっさい考えない人物だった。俺は、ものごころついてから、親父にかまってもらった記憶がない。シラト光学は、親父がいなければなりたたない会社だった。だから親父は、いつも会社のことだけを考え、家族をあと回しにした。

俺やお袋は、そんな親父に愛人がいた、とわかったときは、心底、びっくりしたものだった。お袋は、田舎の旧家の出で、その財産はすべて、シラト光学に出資してしまっていた。それでも、お袋は親父についていったし、貢を家に入れることを親父が勝手に決めたときも、何ひとつ文句をいわなかった」

「長い話になりそうね」

シェリルがつぶやいた。興味を感じているとも、いないとも、とれる口調だった。

「ああ。少しはな。貢が家にやってきたとき、俺は十五だった。貢の母親は、新橋《しんばし》で芸者をやっていた女だった。もともと体が弱く、貢が八歳のときに長期療養が必要と医者に診断され、ほかに身寄りもいなかったことから、親父はひきとることを決心したようだった。

　貢と初めて会ったときのことを、俺は覚えている。女みたいな奴だ、そう思ったよ」

――女みたいな奴だな
私は、口にもしたのだ。

連れてきたのは、じき療養所入りが決まっていた父親の愛人だった。十五の私には、もちろん、「愛人」の意味はわかっていた。クラスに、好きな女の子がいたし、その子のことを思って、オナニーするのが毎晩の日課だったからだ。

　着物をきた、貢の母親は、痩せた顔色の悪い女だった。あんな女のどこがよくて、親父は子供を産ませたのだろう、あとからそう思ったものだ。

私はちょうど中学のクラブ活動を終えて、家に帰ってきたところだった。本当なら、もう少し遅くなるのが、校舎の改修工事の都合で早まったのだった。

　私の家は、世田谷《せたがや》区と渋谷区の境に建つ、一戸建てだった。五十坪ほどの庭があり、そのほぼ真ん中に生えたサルスベリの木の根もとに、貢が立っていた。紺の半ズボンに、紺の上着、白い開襟シャツという、制服のような服装に、赤いランドセルをしょっていた。

　男の子なのに、赤いランドセル、まず、それが私には奇妙だった。髪は坊ちゃん刈りのようなおかっぱで、色が白く、唇だけが妙に赤々としていた。

　父親には少しも似ていない。体つきや顔だちも含めて、すべてが母親似だった。

　特に目が、母親にそっくりだ――家の奥から、私の母との話しあいを終えて現われた、貢の母親を見て、私はそう思った。

　病気のせいで、顔が小さく、その中で目だけが異様に大きい。泣き顔のように、目の下の涙袋がぷっくりとふくらみ、しかも目の奥には、いつも何かをこらえているような色がある。

　私は何ひとつ聞かされていなかったし、貢の母親もまた、私とは顔をあわさずに帰ろうと思っていたにちがいない。

　だが、庭先で、私と貢が向かいあっているのを見て、立ちすくんだ。

『貢……』

　まず貢の母親がそういって、絶句した。あとからでてきた私の母親も、状況に気づくと、やはり言葉を一瞬、失った。

　そしてようやく、

『英一、今日からお前の弟になる、貢ちゃんよ』

とだけ、いった。

『弟？　何か、女みたいな奴だな』

そのとき、私はそういったのだった。そして、貢の顔が、ぱっと赤く染まるのを、奇妙なものをみる気持で見つめていた。

『貢！』

貢の母親が悲鳴のような声をあげた。その叫びの意味がわかったのは、八歳の細い子供がしゃにむに私にむしゃぶりついてきたときだった。

不意をつかれて、私は庭に尻もちをついた。が、立ちあがってみれば、中学生と小学校二年生とでは喧嘩にならなかった。

私は貢を、サルスベリの木の根もとに、したたかに投げとばした。

貢は泥だらけになった。泣きだすかと思ったが、ちがった。きっと唇をかみ、くやしげに私を見あげた。

『何だよ』

私はいったものの、心の奥では狼狽《ろうばい》していた。こんな年のちがう子供に本気になったことを、一瞬後、後悔していたからだ。

『貢、あやまんなさい！　英一坊ちゃんに何てことするの』

英一坊ちゃん――その言葉に、私はぞっとするものを感じて、貢の母親をふりかえった。

『今日からこちらで可愛《かわい》がっていただかなけりゃならないのに！』

縁側に立った貢の母親は、癇《かん》のきつい口調でいった。そしてまた、そのすぐうしろにいる私の母親が無言でいるのが、私には不気味だった。

私の母親は、父親が不在がちな家庭で、私に甘くなり過ぎないよう、厳しく私に接していた。

本来なら、年下の子供を投げとばした私に対し、ひと言も叱責を与えないでいる筈がなかった。

なのに無言でいたのだ。

足もとに目を戻すと、貢はまだ私を睨《にら》みつけていた。

泣きだしたいのを必死にこらえているようにも見えた。

私はどうしたものかわからず、

『馬鹿くせえ！』

とだけいって、家の中に入った。貢の母親も、私の母親も、そんな私にはひと言も声をかけなかった。

その晩、部屋にいた私のもとに、母親が食事を運んできた。そして、貢と貢の母親の話をしたのだった。

『お父さんが決めたことだから』

母親はいった。

私が夕食をとろうとせず、部屋にとじこもっていたのを、貢の出現に反発したのだ、と思ったようだった。だが、本当のところはちがっていた。

私は自己嫌悪にとりつかれていたのだ。年のちがう子供に暴力をふるったことに、激しい自己嫌悪が生じていた。同時に、貢に対し恐怖に似た感情を抱いてもいた。

それは、兄弟、ということで、自分がこれから一生、貢とは不可分の関係になるにもかかわらず、出会った最初の日に、その貢の心を傷つけたかもしれないという後悔のせいだった。

親は子供より先に死ぬ。父親や母親が死んだ後、私と貢が白戸家をひき継ぐことになる。

財産のことを考えていたのではない。ひとりっ子として育ってきた私は、突然生じた、兄弟の存在の重さに怯えていたのだ。

今、考えれば、それはまったく見当ちがいだったともいえるし、逆の意味では予感していたともいえるかもしれない。

逆の意味、それは、私が、貢を捜し求めている、という現実をさしているのだが。

母親が私の部屋に夕食を運びこみ、私と話している間、貢がどうしているのかが気になった私は、母親に訊ねた。

『瀬戸《せと》さんがいるわ』

母親は短く答えた。瀬戸、というのは、私が生まれてまもなくから家にいた、お手伝いだった。

私はそれで何となくほっとし、また不安にもなった。今まで、母と瀬戸、そして私という、ほとんど家にいない父をのぞいて成立してきた〝家族〟の関係が、母——私、瀬戸——貢、という、対立の図式になりはせぬか、という不安だった。

が、二対二に分かれて食事を摂《と》ったのは、その夜だけだった。

翌日から私は、貢を家族として受けいれる決心をして、そのようにふるまった。それは、母親がいったように「父親が決めたこと」だからでは、むろんなく、貢に対する同情心や後悔でもなく、むしろ私自身の、貢からの保身のためだった。

出会ったときの怒りを、貢が忘れてくれるように——私はそう願ったのだ。

中学生に、年下の子供に対し、媚《こ》びるほど上手に接する対人技術があったとは思えない。何しろ、私にとって、弟というのは、生まれて初めてもった存在なのだから。

ぎくしゃくとして、それでもそ知らぬふりをする、そんな関係が数年つづいた。

私は、何かことあるたびに、

『ミツグの分は？』

『ミツグはどうするの？』

と、父母や瀬戸に訊ねた。それは貢が自己主張をする前に、それを封じてしまうほどひんぱんですらあった。

初めのうちは、そういう私の態度を、弟思い、ととったかもしれない父母も、やがて、

『お前が心配しなくていい。貢のことは、貢に訊くから』

とさえ、いうようになった。

が、結果、表面的には、私と貢は、うまくいくようになった。

三年後、私は高校を卒業し、貢は小学五年生になっていた。

そして貢と私との関係が、これまでで最良だったともいえるその年、私は家をとびだしたのだ。

「なぜ、家をでたの？」

シェリルが訊ねた。

「親父だ。俺や母親が、貢を家族の一員として受けいれようと努力してきたにもかかわらず、親父はいつまでも貢を特別扱いにしていた。親父は親父なりに、貢にひけ目を感じさせまい、と思ったのかもしれん。が、逆に、そうすればそうするほど、貢の方は、しんどい状況に追いこまれていくわけだ。親父はやはり根っから技術屋で、人間の扱い、

人の気持のことがわかっていなかった。

貢のことだけでなく、俺も親父とことあるごとに衝突をくりかえしていた。間に立つのはお袋しかいない。貢は、親父に対しては、まともに顔すらあわせられない、そんな状態だったんだ。唯一の、本当の肉親だというのに」

が、間に立つといっても、母親は母親であいかわらず、父親に対して絶対服従を貫いていた。

ある晩、父親と激しくいい争い、殴られた私は、貢の部屋に入った。

『こんな家にはもういられねえよ』

『兄さん』

私は酔っていた。部屋に隠しておいたウィスキーを飲んでいた。そして身の回りのものを詰めた鞄《かばん》を手にしていた。

『俺はでてく。貢、あとはお前に任せた』

『駄目だよ、兄さん』

貢は私を兄さん、と呼ぶようになっていた。

『俺はアメリカにいく。アメリカにいって、親父の助けなしで立派にやっていってみせる。シラト光学なんか、クソくらえだ。お前にやるよ、跡を継ぐにしろ、潰すにしろ、勝手にしろ』

私は酔った勢いもあって、そう叫んだ。鞄の中には預金通帳のほかにパスポートもあった。私の高校は、当時はまだ珍しかった、海外の修学旅行を実施していて、その前の年、ハワイにいったばかりだった。

『僕、ひとりぼっちになっちゃうよ』

貢は勉強机から顔をあげ、悲しげにいった。

『みんなひとりぼっちなんだよ、人間は』

私は、その言葉の本当の意味をわかってもいなかったのに、そういった。

――それにお前は俺がいなくなれば、本物の白戸家の息子になれるんだ。

そう心の中で思い、口にはしなかった。すれば、サルスベリの木に投げつけたとき以上に、貢の心を傷つける。それがわかるくらいには、私は大人になっていた。

『お前には書くよ、絵葉書くらいは』

酔いと、青春期特有の感傷的な高揚もあって、私はそういい、何も答えずにいる貢に、

『じゃあな』

とだけいって部屋をでていった。

貢が私を裏切らないことはわかっていた。私の家出を密告しようにも、貢には、私以上の〝家族〟はいなかったからだ。

瀬戸とは、もっとうまくいっていたと思う。しかし、瀬戸は、あくまでも使用人だ

った。

貢の母親は、その前年、療養所で他界していた。知らせは、電話で直接、貢にもたらされ、そのことを、貢は私にだけ話していた。それを話したとき、その一度だけが、私が見た、貢の涙だった。それ以外に、私は一度も貢の涙を見たことはない。

家をでた私は、ひとり暮らしをする友人のアパートを訪ね、翌日、貯金をそっくりおろすと、航空券を買い、アメリカに旅だった。

ぐずぐずしていれば、父親の手で家に連れ戻されるかもしれない。

アメリカにいき、どうやって暮らしていくかを考える以前に、その不安の方が大きかった。

観光ビザで渡米し、滞在期限が過ぎた後も、私は日本には帰らなかった。さまざまな職業を転々とし、食べていくことにけんめいだった。

そして、四年後、事件が起こった。

当時、私はワシントンにいた。ワシントンにある二流のホテルでベルボーイの職についていた。あるとき、そのホテルに泊まった日本人ビジネスマンが日本からもちこんだ週刊誌を部屋に捨てていった。

室内清掃のメイドがそれを拾い、私にくれたのだった。

日本でのニュースに何か関心があったわけではない。ただ何気なく、もらった週刊誌を宿舎で開いただけなのだ。

愕然《がくぜん》とした。

〝シラト光学社長一家、惨殺の怪〟

そんなセンセーショナルな見出しがついていた。

記事は、雑誌の発売日から十日以上前に起きた事件のその後を詳報したものだったが、それによって、あらましを私は知ることができた。

事件は、私が家をでてから四年後の、十二月十日に起きた。

隣家からの一一九番通報で、深夜の午前二時、消防車が出動、炎上中の白戸了介宅の消火に駆けつけた。が、火のまわりが早く、空気が乾燥していたこともあって、白戸家は全焼、隣家の約三分の一を延焼して、ようやく鎮火した。

焼け跡から、三名の死体が発見され、白戸了介、妻の苑子、お手伝いの瀬戸トミのものであると判明した。同居していた十五歳の次男だけが、この夜、友人宅に遊びにいっていて、難を逃れた。消防隊員が駆けつけたとき、呆然《ぼうぜん》と、我が家が炎に包まれるさまを見守っていたという。

ところが翌日、現場検証がおこなわれ、遺体の解剖結果が判明して、事件は一変した。三名の遺体は、いずれも火災発生前に、刃物によって刺し殺されていたのだ。警察は、殺人・放火事件として、捜査本部を設置、行方不明になっている長男、英一の行方を捜すのと同時に、次男から事情を聴取した。

調べが進むに従い、次男が、妾腹《しょうふく》の養子であることが判明、警察は疑いを濃くして追及したところ、犯行を自供した、というものだ。

次男は、かねてから自分が養子であることで家族から冷たくされ、両親に恨みをもっていたという。そして、その夜、帰宅した父親に、日頃の素行のことで叱責され逆上、両親とお手伝いを次々と刺殺、さらに犯行を隠ぺいしようとして放火した、というのだ。

——そんな馬鹿な
記事を読み、私はまず、そう思った。貢が、親父とお袋を殺す筈がない。まして、お手伝いの瀬戸まで、手にかけるわけがないのだ。

記事には、シラト光学の現状についても書かれていた。このところ経営が苦しく、父親のもつパテントを狙った大手カメラメーカーから合併を迫られていた、ともあった。

日本に帰ろうか——そう思い、が一瞬後、日本に帰っても誰もいないことに、私は気づいた。

両親、お手伝いが死に、弟は勾留されている。しかも家は丸焼けになって残ってはいない。

どこに帰るというのだ。

貢は無実を主張している、というなら、私はその釈明のために帰ろうと思ったかもしれない。

が、週刊誌の記事には、「自供した」と、あった。そして、どこで調べたのか、弟の母親が芸者であったことまでもが書かれていた。

――帰っても無駄だ
私は思った。財産にも興味がなかった。記事によれば、どの道、会社の経営悪化を建てなおそうと家は抵当に入っていたという。帰ったところで、私の手には何も残されていそうになかった。

さらに記事は、貢が、家庭裁判所で審理を受けた上で保護観察処分となり少年院に送られるか、あるいは検察官に送致され刑事裁判に起訴されて少年刑務所に服役することになるかのどちらかだと述べていた。

三名に対する殺人、及び放火の罪では、心神耗弱《しんしんこうじやく》状態による犯行ということでない限り、少年刑務所服役はまぬがれそうになかった。その場合、少年法が適用されるので死刑はないが、無期、または十年以上十五年以下の懲役、または禁錮《きんこ》刑《けい》が待っていることになる。

貢に下される処分について、記事はそう述べ、結びとしていた。

貢がいったいなぜ、そんなことをしでかしたのか。

その夜、私はいくども、初めて会ったとき、サルスベリの木の根もとに立っていた八歳の貢の顔を思い浮かべた。

何が貢の身に起きたのだろうか。

それを知るすべは、もはやなかった。日本に帰ったとしても、誰の口からも真実を聞く機会はないだろう。

私は、本当に、天涯孤独の身となってしまったのだった。

「それが話のすべてなのか」

L・Tが訊ねた。シェリルとはちがい、瞳の中に、興味と同情の入り混じった表情があった。

L・Tは、肉親を犯罪によって失っている。それもごく最近に。そのことが、私に対する同情の気持を起こさせたのかもしれなかった。

「それだけじゃない。それだけだったら、俺は日本に帰ってはこなかったろう」

私はいった。

その後、私はワシントンを離れ転々としたあと、ロスアンゼルスで暮らし始めた。ロスアンゼルスには、今でもそうだが、アメリカの都市としては最も多く日本人が集まっている。

私はそこで、日本からのCMロケ隊やテレビクルーなどのガイド兼通訳の仕事を始めた。さまざまなコネを手に入れ、とうに期限が切れていた観光ビザを就労ビザに書きかえることができた。そのために、他人の名を名乗る必要はあったが。

その頃、ロスアンゼルスには、日本人観光客が起こしたと見られる保険金殺人をめぐって、週刊誌やテレビの記者が大挙して日本からおしよせていた。

私は彼らのガイドもし、またロスに巣食っている、日本を食いつめたごろつき、どもの情報を収集しては、記者たちに売っていた。

ロスには、借金や犯罪のために日本にいられなくなって逃げてきた連中がごろごろしていた。そういう連中は、少しでも金になるならと、作り話を含むさまざまな情報を、私のもとに売りこみにやってきた。

そしてその中に、保険金殺人とは別の犯罪の情報があった。

情報をもってきたのは、トニー・キダという、日系二世だった。キダは、日本の広域暴力団のロス進出を手助けしたといわれ、FBIから目をつけられていた。アメリカに留《とど》まるのが危険だと感じたキダは、脱出するための資金欲しさに、「とっておきの情報」を、私から日本のマスコミに売ってもらえないかともちかけてきたのだった。

『とっておきの情報ってのは何だい』

リトルトーキョーの、キダが指定したカフェテリアで待ちあわせた私は、開口一番、そう訊ねた。

キダはアロハシャツにサングラス、といういでたちだった。そのカフェテリアは、観光客がおよそ来そうにない、さびれた店で、リトルトーキョーのはずれ、ロスでも指折りの治安の悪い区画のすぐそばにあった。あたりのビルのドアには、住民が武装していて、無断侵入者には発砲すると警告した、拳銃を握った拳のシールがべたべたと貼られている。

『エイチはよ、シラト光学事件というのを知っているか』

キダは訛のある日本語でそう切りだした。一瞬、私は時間の流れが止まったような気がしたものだ。幸いに私もサングラスをかけていて、表情の変化を、キダに気《け》どられた気配はなかった。

エイチ・後藤、というのが、その頃、私がロスで使っていた名だった。

『詳しくは知らない』

私はそう答えた。

『日本じゃ大ニュースになったよ。シラト光学という会社の社長と女房、それにメイドが殺されて、家を燃やされた事件だ』

『そのことは知っている。で？』

『犯人を俺は知っているんだ』

つかのま、私はキダが何をいっているかわからなかった。

『犯人はつかまったのじゃなかったのか』

『ああ。殺された社長の息子が逮捕されて、裁判にかけられた。だが、無実なんだ。真犯人はほかにいるのさ』

『そんな馬鹿な!』

私は思わず大声をあげた。キダが驚いて、腰を浮かしたほどだった。

『大きな声をだすな』

『息子は、自分で罪を認めたんだぞ』

『知ってるよ。きっと、目の前で親が殺され、ぼうっとなっちまったんだろう。それで警察の誘導訊問か何かにひっかかったのさ』

『そんなことはありえない』

私がいうと、キダはさすがに不思議そうな表情になった。

『エイチは犯人を知っているのか』

『そうじゃない。そうじゃないが、警察がそんなミスを犯す筈がないと……』

私の声は小さくなった。アメリカで暮らしている限り、警察のミスや捜査の行き過ぎは、日常茶飯事だった。アメリカ生まれの、しかも人種的には有色であるキダに、そんな言葉が通用するわけがなかった。警察に対する不信は、しみついている。

キダの顔には、あからさまな侮蔑があった。

『警察なんかを信じているのか。じゃあ、勝手に信じてるがいい』

席を立ちかけたキダを、私はあわてて制した。

『待ってくれ。単に真犯人だというだけじゃ納得できない。何か証拠があるのか』

『それはそいつに訊いてみないとな。とにかく、そいつの話じゃ、盗みに入るつもりでシラト光学の社長の家に忍びこんだらしい。夜中だから、もし家の人間が起きたら、居直るぐらいの覚悟はしていたかもしれん。そうしたら案の定、家の人間が起きてきた。思わずそこの家にあった包丁で刺しちまった、というんだ』

『家の間取りとかを、そいつは今も覚えているのか』

『それはわからん。ただそういえば、庭の真ん中に、でっかいサルスベリの木があったそうだ』

私は自分が震えだすのを感じた。おさえこむために、もち歩いていたマリファナに火をつけたほどだ。

『それで？』

『三人をぶっ刺し、家の中を物色していたら、そこの倅が帰ってきた。今度はいくら何でも殺れねえだろうと観念して、逃げだしたっていうのさ』

『火は？』

『それが不思議なんだよ。そいつは、火はつけなかった、といっている。火をつけたのは、その倅か、それとも動転して倅がストーブでもひっくりかえしたんじゃないのか、というんだが』

私は深呼吸した。マリファナがきき、どうにか震えはおさまりつつあった。

『その男はどこにいる』

『ロスさ。野郎はそのあと、日本を逃げだしてこっちへきたんだ。だがいろいろとあって、銭をほしがっている。ツラはださないだろうが、金額によっちゃ、手記くらいは書くぜ』

金をほしがっているのは自分も同様のキダはいった。

『まずその男に会わせてくれ。名前は何というんだ？』

『今は駄目だ、教えられない。俺抜きで話を進められちゃたまらないからな』

キダは首をふった。

『わかった。はっきりさせておく。その男は、まだロスにいるんだな』

『ああ、いる。俺の知りあいのところで厄介になっている。こっちの日本料理店で働いていたんだが、これに目がなくてよ』

キダは人さし指で、鼻孔の片方を押さえてみせた。コカインのことだった。

『ジャンキーじゃないだろうな』

『そこまではいってないよ。大丈夫だ、話はできる』

『よし、とりあえず当たってみよう。そっちの希望は？』

キダは指を一本立てた。

『俺に一万、そいつとは別に、だ。ただし一社につきだぜ』

一社にインタビューさせるごとに一万ドルよこせといっているのだ。

かなりふっかけている。と同時に、キダはこのネタに相当の自信をもっている、と私は感じた。

『わかった』

私は頷いた。もしどこの社ものってこないようなら、自分自身の一万ドルをはたいてでも、その男に会ってみよう、と思っていた。

私は知りあいの支局員などに話をもちかけた。金額に難色を示すところはあったが、話そのものには、どこの社も興味をもった。

が、取材に入る直前、この話は予想もしなかった形で幕切れを迎えざるをえなくなった。

キダの手引でロスに日本人暴力団が進出したことを知り、怒ったプエルトリカンの犯罪組織が「警告」のため、キダを襲ったのだった。キダは、日本の暴力団にコカインビジネスを手がけさせようと画策していたらしかった。

コカインビジネスは、プエルトリカンギャングにとっては、重要な収入源である。怒るのは無理もなかった。

キダは、ロス郊外の砂漠で、車内で射殺されているところを発見された。同乗者の男も同じように撃ち殺されていた。

私は呆然となった。キダが死んでしまっては、事件の真犯人と名乗る人間と接触するすべがなくなる。

私は手がけていたほかの仕事を放りだし、キダの周辺を調べまわった。真犯人と思しい人間を捜しだすためだった。

そして、それが誰のことかようやくわかったとき、腰の抜けるような失望を味わった。

「いっしょに殺された男だったんだね」

シェリルがいった。

「そうだ。男の名は石垣勇男《いしがきいさお》。殺される四年前、事件から半年後にロスにやってきたんだ。渋谷の割ぽう料理店に勤めていたんだが、勤務態度が悪いのと、バクチ好きがやまずに、クビになっていた。クビになったのは、事件の起きる一週間前だった。石垣には、窃盗の前科があった」

Ｌ・Ｔが短く息を吐いた。

「それで？」

「俺は貢に会わなければならない、と思った。いったい、十二月十日の晩に何があったのか。もし貢が三人を殺っていないなら、なぜ犯行を認めたのか。そして石垣が放火をしていなかったなら、どうして家が丸焼けになったのか、そいつを訊かなければならない、と思った。

　仕事をたたみ、日本に帰る準備をした。帰ったその足で、俺はほうぼうを訪ね歩き、貢が少年刑務所で服役しているらしいことをつきとめた。だが、俺が少年刑務所にはるばるでかけていくと、貢はもう、そこを仮出所したあとだった」

「保護観察処分がつくでしょう」

　シェリルがいった。私は頷いた。

「貢は五年服役していた。出所のあと、さらに五年の保護観察がつき、その間に問題がなければ、ようやく刑の執行が終わったことになる。が、貢は結局、一度も保護司のもとにはでむかなかった。出所したその足で行方をくらましてしまったんだ」

「会わずじまい？」

「そうだ。俺はあきらめなかった。貢の少刑時代の仲間を訪ね歩いた。当然、警察も同じことをしていた。保護観察処分に違反するのは、いわば脱走と同じようなものだからな」

「何がわかったの」

「貢が少刑では、強い奴らの慰み者にされていたことが。ようするに、ボス連中の〝愛人〟にされていたんだ。貢がもともとそのけがあったのかどうかはわからない。が、刑務所のようなところでは、それほど珍しいことではない、ということだ」

「だったらなおさら姿を消すのは不自然だわ。もう一度、連れ戻されたいなんてぜったいに思わない筈よ」

シェリルはきっぱりといった。

「俺もそう思った。だが十二年前のあの夜以来、貢のことが、俺には何も理解できなくなっていた。いや、初めて会ったときから何ひとつ理解していたとはいえないが。

とにかく、俺はけんめいに貢の行方を捜した。調べて回った。貢は二十歳で出所した後しばらくして、完全に行方をくらましている。十五から二十までの五年間服役していた人間が、そう簡単にできることじゃない」

「マトモな職にはつけないわね、日本にいる限り。警察に追われている身だもの」

「それだけじゃない。貢は潜ったんだ。過去を完全に断ち切った。カタギに戻ることも、保護観察を拒否したことで不可能になり、法の外側で生きていくにしても、少刑の仲間とはいっさいつながらないところでやっていく肚《はら》をくくった。それが何を意味しているか、シェリル、あんたならわかる筈だ」

私はいった。

シェリルは目を大きくみひらき、私を見すえた。

「名前も過去もすべて捨てて、こちら側の世界にきた、そういいたいのね。あなたの弟が、プロになったと」

「そうだ。そしてそうなってしまった貢を、向こうの世界にいる俺は、決して捜しだすことはできない。三年間、日本に戻ってきてから捜し回り、ようやく俺が達した結論がそれだった」

「そこで本名を捨てて、過去も隠して、『ポット』の仲間に入ってきた?」

「ああ。それからのことはあんたも知っての通りだ。〝コマンチ〟と出会ったことが、俺に道をひらいた」

「フクロウを追うのはなぜ?」

「貢は、保護観察処分に違反したあと、警察の追及をかわすために、女装する方法を選んだ。そのことは、三年のあいだに俺にもわかった。もともと細身で華奢《きゃしゃ》だった貢の体格は、五年間の服役の間にも、それほど変化しなかったらしい。女装が似あう、ということだ。それともうひとつある。貢は、昔から黒が好きだった。俺と別れた頃でさえ、いつも黒い服ばかりを着ていた。その趣味は女装をするようになってからも変わっていなかったようだ」

「それだけ?」

「充分じゃないか？　女装を得意とする、黒の好きな人間が、こちら側の世界にいる」

「でもあなたの言葉、というより、死んだキダや石垣の話を信じるなら、あなたの弟は三人を殺していない。もし、あなたの弟が三人を殺したのなら、今、フクロウになっていて不思議はない。でも、人を殺したことのない人間がいきなり殺し屋になるとは信じられないわ」

「人間は経験を積むうちに変わってゆく。貢は、少刑で、『女』にされることを覚えた。『女』には、『男』が必ずいる。シェリル、お前さんを傷つけるつもりはないが、聞いてくれ。二十歳で出所し、行方をくらました貢には、『女』になること以外、何の才能もなかった。貢がこちら側の世界に入ったなら、そのことが貢の武器だった筈だ」

「わかったわ。弟さんがわずか二十歳で、しかも外の社会のことを何も知らないうちに、潜ることができたのは、もともとこちら側の人間がいて、弟さんをスカウトしたからだというのね。はっきりいえば、愛人にして」

「そうだ。そしてその後の、貢の完全な消え方を考えれば、愛人にした人物には、かなりの力があったことになる。だがその人物はもちろん、単に愛人にするためだけに、貢の面倒を見たわけではないだろう。別の目的がもうひとつあった筈だ。

　自分の仕事に役立てる、という目的が」

　シェリルとL・Tは無言だった。

「フクロウの噂を初めて聞いたとき、その噂とは逆に、フクロウの正体がいつまでもつかまれないことを、俺は不思議に思った。黒衣の髪の長い女が、標的を誘う。そして仕事のあとは必ず結果を見届けにまい戻る――そこまでわかっているのに、警察を始め、こちら側の連中までもが、どうしてもフクロウの正体を知ることができない。その理由はなぜなんだろう、とな」

「お前がいったのは、そのことだったんだな」

L・Tが低い声でつぶやいた。

「そうだ。結論をいえば、黒衣の髪の長い女は、殺し屋ではない。殺し屋のパートナーで、仕事をやりやすくするためのアシスタントだ。しかも、それは女じゃなく、男だ。だからこそ、誰にも見つけることはできないのだ」

「あの写真は、お前の弟だったのか」

L・Tがいい、シェリルが驚いたように私を見た。

「フクロウの写真をもっているの?」

「何枚かはな。あれが弟なのかどうか、俺にも確信はない。三年間しか俺はいっしょにいなかったのだから。面影がある、といえばあるし、ないといえば、ない。俺が貢と別れたのは、貢が十一のときで、今は二十七になっているわけだからな」

「でも向こうには、あなたがわかる筈よ。あなたは別れたとき、十八だった。十八の顔と三十を過ぎてからの顔はそれほどちがわない」

シェリルの言葉に私は頷き、そして首をふった。

「その通りだ。だが奴には俺はわからない」

「なぜ？」

「俺が別人の就労ビザを手に入れ、偽名を名乗った話はしたな」

ふたりは頷いた。

「そのために、俺は整形手術を受けたんだ」


「整形手術を受けた？」

シェリルが驚いたようにいった。L・Tも私を見つめている。

「そうだ。L・T、俺がヴァージニア州にいた話をしたのを覚えているだろう」

「ああ」

「俺はそのとき、FBIの特別保護下にあった。FBIは、チャイニーズマフィアのヘロイン取引を追っかけていて、ようやく証言台に立つ、元売人の元締めを手に入れたところだった。チャイニーズマフィアは、裁判までにその元締めを消そうと必死だった。国中の殺し屋を動員し、元締めの首に賞金をかけていた――」

私はその一ヵ月前、ワシントンで逮捕されていた。罪状は、もちろん、正式なビザをもたぬアメリカ滞在と就労だった。移民局の手で日本に送り帰されることが決定的となったとき、ＦＢＩが私に取引を申しでた。

今から考えれば、私は最初からＦＢＩの罠《わな》にはめられていたのかもしれなかった。何しろ、そういう工作はお手のものの連中だからだ。

ＦＢＩが申しでた取引とは、裁判での証言がすむまで、そのヘロイン売人の元締めの〝身代わり〟をつとめることだった。

裁判所までの移動、そして裁判中のホテルと、殺し屋は常にどこから襲ってくるかわからなかった。当局は、虎の子の証人を絶対に消されたくなく、そのために、「影武者」をたてることにしたのだ。

実際に会ってみると、私と、証言者のマーとは、それほど顔が似ているとはいえなかった。が、体つきや顔の形は近かった。私はマーと同じ髪型をし、眼鏡をかけることで、かなり似せることができるようになった。また身ぶりや歩き方の仕草も真似た。

もちろん、途方もない危険をともなう仕事だった。ＦＢＩは、裁判の終了まで、私がマーの「影武者」をつとめれば、正式なアメリカ滞在ビザを――必要なら永住権も――提供するともちかけた。

当然、「影武者」であるからには本物以上のガードがつくし、またつけることで、殺し屋たちの目を惹《ひ》く、という段取りになっていた。

拒否すれば、日本への強制送還、悪くすると刑務所での強制重労働が待っている、と嚇かされた。

私は取引に応じることにした。ほぼふた月間の仕事だった。

そのふた月のことは思いだしたくもない。

が、かなりつらい思いをさせられたものの、私は幸いに撃たれることも爆弾を投げつけられることもなく、「影武者」の仕事をやり通した。

裁判で証言はおこなわれ、南米からのヘロインルートがひとつ潰滅した。

裁判終了後、ＦＢＩは約束通り、私に偽名での永住権を与えた。そして整形手術も施した。なぜなら、裁判期間中、全米の新聞や週刊誌、テレビ報道などに、「証言者マー」として顔をさらしたのは、私だったからだ。

マーも私も、同じように整形手術を、アメリカ政府の手によって受けた。

マーは今、まったく別人の顔と名でもって、フロリダ半島のどこかに住んでいる筈だ。

それでも、マーには一生、ボディガードがつきつづける。

私は整形手術後、解放された。ＦＢＩからは二万ドルの特別ボーナスが支給された。

私はそれを手に、ロスへと移り住んだのだった。

「よほど運がよかったのね」

話し終えると、シェリルがいった。シェリルの仕事はボディガードだ。私の演じた役回りがどれほど危険なものか、容易に想像がついたようだ。

「ああ、俺もそう思っている。二度と同じ思いはしたくない。たとえ刑務所で一生暮らせ、と嚇されてもな」

私はいった。

「本当よ。無謀、というよりは、馬鹿だわ」

「だが、俺たちはまた同じようなことをしようとしている、ちがうか」

私はL・Tとシェリルを見比べ、いった。

「シェリル、あんたは、フクロウが標的にしている人間をガードする仕事を受けたのだろう」

「ええ」

シェリルは目を閉じ、頷いた。

「俺とL・Tは手もちのカードを全部あんたにさらした。どうする？　仕事に加えるか」

シェリルはつかのま無言だった。

「――メジロー、あなたに訊いておきたいことがあるわ」

「私にもある」

L・Tもいった。

「わかっている。実際にフクロウとぶつかったときのことだろう」

「そうよ」

「そうだ。私は相手がフクロウとわかれば即座に撃つ。ためらいはしない。だがもしその場にお前の弟がいたら、お前は邪魔をするかもしれない」

L・Tは厳しい口調だった。

「わたしも同じことを思った。あなたがフクロウのパートナーを追っているのだとしても、現時点では、あなたの弟はフクロウと一体だわ。万一のとき、あなたが、わたしやL・Tにとってマイナスになる動きをしない、という保証はない」

私は煙草をくわえた。店の外で、バイクのエンジン音が轟いた。

椿と牡丹が戻ってきたようだ。

「約束する。あんたらを危険におとしいれるような真似はしない。フクロウは、俺が自分の愛人の兄だからといって、殺すのをためらいはしないだろう。仮りに、貢が、あんたらの手にかかったとしても、俺は恨まない。貢が少刑をでて、こちら側にきたときから、いつかはそうなる運命だったと思うことにする」

「わかったわ。L・T、あなたは?」

シェリルはL・Tを見た。

「シェリル、あんたがメジローを外すというなら、私はあんたと直接組む。メジローを加えるといっても、別に異存はない。これはあんたの仕事なんだ。あんたが決めることだ」

シェリルは頷いた。そしていった。

「三人はチームよ」

11

翌日の正午、シェリルはスーツケースを手に私のマンションに現われた。

前夜、というよりは早朝、別れぎわにシェリルは私とL・Tに旅装を整えておくよう、いい渡していた。

旅装の内容は、地味なビジネススーツから、表でひと晩過しても苦痛にならない服装、と幅のあるものだった。

私は阿仁に電話をかけ、二週間ほどは連絡がとれなくなることを告げた。阿仁は、マークの死をすでにニュースで知っていた。そして、マークに、雇われた殺し屋が狙う背景がないところから、「仲間割れ」の疑いがあるとして鹿屋が動いているらしいことを教えてくれた。

「注意するんだ、フクロウにも鹿屋にもな」

阿仁はいった。

シェリルがやってくると、私はコーヒーを淹れ、ミーティングに入った。

「まずクライアントのことから話しておくわ」

シェリルはいった。化粧は控えめで、午前中に美容院にいったのか、髪を短く切り落としていた。長かった爪も短くなっている。

それを訊ねると、爪はつけ爪だったのだ、とシェリルは教えた。

「クライアントの名は、高津京一《たかつきょういち》、職業はビデオ監督よ」

「あの、高津か？」

「そう」

私の問いに、シェリルは頷いた。高津京一は、アダルトビデオといわれる、成人向けポルノビデオ界では名の通った男だった。アダルトビデオは、その女優の大半が、アマチュアをスカウトしたもので、演技を感じさせない素人《しろうと》っぽいものほど、ユーザーの人気が高い。

内容のほとんどがセックスシーンなのだから、いくらぼかしやモザイクが入っているとはいえ、演技かそうでないかは、ユーザーにはすぐにわかってしまう。

高津は、自らスカウトした女優と自分がセックスする姿を、監督する、というスタイルで作品を発表していた。そして一度撮った女優は、二度は撮らない、というのが、高津の売りだった。

どんなに人気がでて、そのビデオが売れようと、同じ女はビデオの中では二度抱かない主義だ、というのだ。

実際にかなりの漁色家であることは業界では有名だし、また有名になればなるほど、高津のもとに自ら売りこみをかける、アダルトビデオの女優志望者は多いらしい。

レンタルビデオ店の普及によって、激しい勢いで成長したアダルトビデオ業界も、競争によるレンタル店の減少やユーザーのマニア化によって、一時期に比べるとかなり厳しい状況にあるようだ。

また出演する娘たちも、アダルト業界から本物の女優へと転身できる可能性が低いことに気づき、かつてほどは〝美形〟が集まらなくなってきているという。加えて、アダルトビデオの人気が高まった遠因のひとつに、エイズに対する社会不安があったが、欧米に比べ、日本では一時的な〝恐怖ブーム〟という形で、本当の意味での危険認識にはいたらなかったことがあげられる。

エイズがマスコミの見出しをさわがせたとき、ストリップやビデオに若い男の足は向かった。が、その波が過ぎると、やはり、より直接的な性欲解消になる店へと、客足が戻ったのだ。

そんな中で、高津京一の、監督・主演作品は、アダルトビデオユーザーの支持を誇るブランドとして、今も人気は高かった。またそのことが、高津京一本人を、マスコミがとりあげ、タレント文化人の地位へとおしあげた。

高津京一本人は、もともとキャバレーやクラブのスカウトマンだったといい、そのことを公言してはばからなかった。

「アダルトビデオの監督になったのは、金のためですよ」

と、ことあるごとにいい切っていた。

事情のわからないL・Tのために、私はそう、高津のことを説明した。

「なぜ、高津が狙われるんだ？」

「彼がスカウトし、ビデオにだした女優よ。永生《ながお》えり、というのだけれど、関西の超大物の妾腹の子なの」

「超大物？」

「御田代清吾《みたしろせいご》、という男よ。真珠貝の養殖から身をおこして、今はテレビ局や新聞社、電鉄、不動産の経営陣に名を連ねているわ。

やくざとのつながりや、政治家との癒着も噂されて、地検がいくどか動こうとしたこともあったらしいわ。ただ、絶対に財界などの表立った役職につこうとしないので、特捜も見逃してきた、という話よ」

「でしゃばるのが好きじゃない、ということか」

の。

「ええ。〝でる杭《くい》は打たれる〟という言葉を信じていて、目立った動きをしないことで、逆風をかわしてきた、というタイプね。ところが、その娘の、芸名永生えりが、東京でビデオ女優にスカウトされ、冒頭のインタビューシーンで、父親のことを暴露している

　さすがに名前までは口にしていないけれど、〝芦屋《あしや》のお嬢様〟というのが売りの、そのビデオの中で、自分の父親は、関西で有名なフィクサーで暴力団や政治家ともつながりがあると、べらべら喋ったらしいわ」

「よほど馬鹿だな、その娘は」

　L・Tがいった。シェリルはL・Tを見た。

「十九や二十で、馬鹿でない娘を、スカウトにひっかかってくるような中から捜そうとしたら、あとは打算と金銭欲にこりかたまったすれっからししかいないわ」

　L・Tは首をふった。

　シェリルは話をつづけた。

「スタッフは話を真剣にはとらなかった。御田代清吾という名は、誰も聞いたことがなかったからよ。ビデオの中で、永生えりは、『お父さんはけっこう悪い人かもしれない』などと喋っている。だけど、それも、芦屋に住むような金持には、悪い奴がいて不思議はない、という、高津京一のコメントといっしょに収録されている。高津は、えりのそ

ういうセリフを入れることで、お嬢様のリアリティがでると思ったようね」

「発売されたのか、それは」

　私はいった。

「ええ。関東と関西ではタイムラグがあって、東京は三日早くね。そして関西で発売になる直前、制作プロダクションが発売中止と作品の回収を決定した。その三日間のあいだに、えりのセリフが本物だったことが判明したというわけよ」

「えりはどうなった？」

「大学に休学届がでて行方不明。神戸に戻ったという情報がないところを見ると、アメリカかどこかに追いやられたのだと思うわ、父親の手で」

「その父親は激怒か」

「側近の話では、手に入れたビデオを見たあと、今まで誰も見たことのないような荒れ狂い方をしたらしいわ。でも、マスコミが嗅ぎつけるのを極端に恐れて、プロダクション側には相当の圧力と金をかけたみたい。幸いに、この件は、東京のマスコミ人の多くが、御田代の名を知らなかったこともあって、記事にはならなかった。もっとも記事にしようとした記者には猛烈な圧力がかかったという話だけれど――」

「御田代側は、それきりなりを潜めた？」

「ええ。御田代は、娘をビデオにだした張本人は絶対に生かしておかない、といい切ったそうよ。なのに、つながりのある暴力団に一切それらしい動きがない。ということは、口の堅い、信頼のおけるプロを雇ったと考えざるをえないわ」

「神戸には、別のプロがいたろう」

「中国人がいるわ。それに九州までいけば、ボート屋も。でも、どちらも動いていない、という確信があるの。ボート屋は、昔の事件のからみがあって、絶対に名古屋から東にはこない。中国人の方は、去年から長い仕事にとりかかっていて、連絡がとれない、というし」

「金に糸目をつけず確実なプロを雇うとすれば、フクロウか」

「そういうことよ」

「わかった。で、高津の動きは？」

「高津は、プロダクション側が発売を中止して回収を指示した、と聞いたとたん、知りあいのプロデューサーに連絡をとり、ことの次第を知ったの。そのプロデューサーは、映画の方の、かなりの大物で、高津の頼みで、御田代にとりなそうとした。そのときに、御田代の側近からの情報が入ったのよ。殺される――そう踏んで、すぐに姿を隠したわ。でも、一週間後の今月二十五日、高津はロンドンに飛ぶことになっている。それまで何とか逃げまわらなければならないのよ」

「なぜ、もっと早くロンドンに飛ばないんだ？」

　L・Tが訊ねた。

「彼は二年前に起こした、未成年の娘を撮った事件で、執行猶予中の身なの。それが二十五日で切れるのよ。ロンドンに飛んだらいつ帰ってこられるかわからない。それでは逃亡と同じだわ」

「ろくな奴じゃないな」

　L・Tは唸った。

「会えばもっとそう思うわ」

　シェリルは冷ややかにいった。

「なぜ受けた？」

「彼を紹介した、映画の大物プロデューサーは、わたしが手術を受ける前、わたしの世話をしてくれた人だったの。彼は別れたあとも、わたしにクライアントを紹介してくれた」

「なるほど。高津は今、どこにいる？」

「仙台《せんだい》。明日の夜、東京に戻るわ。発《た》つ前に片づけなければならないいろいろなことを処理しに、ね」

「高津の動きがフクロウ側に洩《も》れている可能性は？」

「充分あるわ。プロダクション側は、御田代の圧力に怯えきっている。おびきだすまでのことはしないにしても、高津が入れた連絡はすべて、御田代のもとに報告されるわ」

「厄介だな」

L・Tがマールボロをくわえ、いった。

「それともうひとつ」

「何だ?」

「高津は、ビデオだけじゃなく、私生活でも、とんでもない女狂いなの。しかも毎日、女をかえる。必要とあれば、街でナンパして拾ってきてもね」

「フクロウの思い通りのパターンにはまるぞ」

私はいった。

「ええ。そうさせないようにするのもわたしの仕事よ」

私はシェリルを見た。

「ということはつまり——」

「必要とあれば、わたしは寝るわ。ただし、高津がひと晩でわたしに飽きたら、それまでだけど……」

私とL・Tは顔を見あわせた。

12

翌日の晩、午後十時過ぎ、私はバイクにまたがって、東京駅の八重洲《やえす》口出口にいた。私の少し前、一〇メートルほど離れた地点に、L・Tが運転席にすわったレンタカーが止まっている。

レンタカーはメルセデス・ベンツだ。

仙台から新幹線で帰京する高津京一を、シェリルがホームまで迎えにいっている筈だった。

高津は、新幹線のグリーン個室を使っている。東京駅ホームに到着後、他のすべての乗客が降りるのを待って、ホームにでてくる。

シェリルがすぐにカバーして、車まで連れてくる、という段取りだった。

車に乗りこんでから、運転はL・Tではなく、シェリルがおこなう。L・Tはまだそれほど東京の地理に精通していないからだ。

メルセデスと私と、シェリルの間には、インカムによる無線通信ができるようになっていた。それも、簡単には傍受できない周波数帯を使った機種だ。私が〝福耳〟に頼んでキットを用意してもらったのだ。

その〝福耳〟は自宅で、私たちの交信に耳をすませている。

マークがフクロウに殺られたとわかったとき、〝福耳〟の恐怖は限界に達した。〝福耳〟は、フクロウがなぜだかはわからないが「ポット」の常連を消しにかかっていると思いこんでいる。

そうならないために、L・Tがフクロウを仕留める、と私はいった。〝福耳〟は半信半疑ながらも、文字通り座して死を待つよりはと、私たちに協力する方を選んだのだ。〝福耳〟は、私たちにとっての、キイステーションになる筈だった。

「メジロー、そちらは？」

ヘルメットの内側につけたインカムのヘッドフォンにL・Tの声が流れこみ、私は口もとに固定された小さなマイクに声を吹きこんだ。

「異状ない」

「あと二分でDが着く」

Dは、ディレクターの略、高津のことだ。

シェリルはホームに先回りして、危険がないかをチェックしている。ホームに怪しい人間がいなければ、高津のいる個室まで迎えにいく。

シェリルは、たっぷりと襟ぐりのあいたトレーナーにジーンズという姿だった。その胸の、注射と手術でふくらませた見事な乳房の谷間にマイクがテープで固定されている。

そしてウォークマンに見えるイヤフォンを耳にさしこんでいる筈だ。

私は煙草を吸いたいのをこらえていた。ヘルメットのキャノピーをあげれば、私が無線機をつけていることは明白になる。

十時を過ぎても、八重洲口周辺には、客待ちのタクシーや、乗客を迎えにきた車などで、車と人の数が多かった。異状なしとはいったものの、そのうちの誰かがフクロウの監視役ではないという保証はない。

プロダクション側には、明日、高津が訪ねていくことは明らかになっている。もちろん、今夜まで仙台にいたことは秘密の筈だ。

高津が何も洩らしてさえいなければ。

私の役目は、ベンツのあとを追尾しながら、尾行する車がないかを確認することだった。

これらの役回りを決めたのは、すべてシェリルだった。私はかかってみて初めて、実際にはフクロウがどんな手順で仕事を進めるのか知らなかったことに気づいた。

『通常の殺し屋の仕事の手順は簡単よ。まず、標的になる人間を何日間か監視する。人にやらせることもあれば、自分でやることもある。

そして標的がひとりになる時間を調べるの。たとえば眠るときとか、どこかからどこかまで移動するとき、など。いちばん多いのは眠っているときね。たいていの殺し屋は、屋内で仕事をしたがるから。屋外ですると、いろいろと不測の事態が生じる場合があるので、嫌うのよ。

もし何日間か監視してひとりでいる時間が、あまりに短かったり不定期だったら、最少人数のときを狙う。女とふたり、とか、ボディガードとふたりきり、とか。そういうときは、夜よりもむしろ朝早くを狙うわ。午前の三時、四時、というのは、人間の体の反射反応のもっとも鈍る時間だからよ。

一度やる、と決めてスタートしたら、よほどのことがない限り、ひきあげることはしない。予定よりたくさんのボディガードがいたり、余分な人間がその場にいても、必ず仕事はその回で片づけるようにする。一度襲って失敗すれば、二度めはかなり難しくなるから』

シェリルの言葉が頭によみがえった。

『だから考えようによっては、何とか一度めの襲撃をかわせば、標的が生きのびる確率は高くなる。同じ殺し屋が、再度、再々度というように何度も襲ってくることは、ほとんどないから。プロは一度失敗した仕事には二度と手をださない。なぜなら、襲ったその後、逃げるからプロといえるので、殺して自分がつかまるようなのは、本当の意味ではプロとはいえないからよ。

つかまる仕事は絶対にしないのが、プロ、そう思っていいわ』

『プロの殺し屋を相手にしたことは？』

L・Tが訊ねた。

『銃を使うのはいない。以前、喧嘩に見せかけて殺すのを仕事にしていたのは、いたわ。標的が酒を飲みにでかけたりすると、酔ったふりをして喧嘩をふっかけるの。サシで片をつけよう、そういって誘うのよ。きちんとスーツを着て眼鏡をかけ、髪を七・三分けしているから、とてもそうは見えないの。おまけに体も小柄だし』

『それで仕事ができるのか？』

私は訊いた。

『その男は必ず前もって使える道具のありそうな場所を見つけておいて、そこに誘うの。空き壜や棒の切れっ端、鉄材のような。なければボールベアリングを使う。麻の袋に何百箇と詰めこんでおくの。空手の有段者で、人体の急所を知りつくしていたわ。ふたりきりになった瞬間、いきなり襲いかかって、首から上の急所、たいていは後頭部をたてつづけに同じ場所だけを狙って殴るの。脳ざ傷で死ぬわ』

『よくそれでつかまらなかったものだな』

『盛り場での喧嘩って、犯人が自首しないと、けっこうつかまらないものなのよ。目撃者がいても、たいていは酔っぱらっているし、興奮しているものだから。それにその男はふだんは絶対に盛り場に近づかない』

『そいつとやりあったのか』

『ええ。すぐに酔ったふりをしているけどシラフだ、とわかったわ。女を抜きでサシでやろう、そういうので、その場で腕の骨を折った。そのあと、暗がりに連れていって、指を全部潰したわ』

シェリルは平然といった。

『警察は？』

『来なかった。わたしのことを知っているのは、その場ではクライアントだけだった。もし来たら、立ちんぼを拾った、そういってもらう手筈《てはず》よ』

『じゃあ銃はないんだな』

Ｌ・Ｔがいった。

『銃を使う殺し屋は、よほどのことがない限り、失敗しないように標的にぴったり近づこうとするわ。まずそうさせないのが私の仕事よ。呑んでいる奴は、目つきを見ればわかる。どんなプロでも、これからやろうというときは、普通じゃない目つきをしている。そういうのを見たら、まず逃げること。連中は撃つ直前までは銃を抜かないわ。もし相手ももっていたら、自分が抜いた瞬間に相手も抜くでしょ。それを恐れているの。撃ちあいをするのは、映画の中か、本当は仕事をしたくないやくざか、どちらかくらいのものよ』

そして最後にいった。

『殺し屋もプロならば、自分がつかまったり傷ついたりしてまでその仕事はしようとしない。ボディガードも同じよ。危いと思ったら、まず逃げる。クライアントを連れてね。戦うときは、逃げられないと思ったとき。さっきもいったように、プロは一度始めてしまったら、何とかその回でケリをつけようとする。逃げてかわせない、そう思ったら戦うのよ』

『フクロウもか』

L・Tが訊ねた。シェリルの顔が一瞬、当惑したようにこわばった。

『フクロウは——。正直いってわからない。失敗した話を聞いたことがないから……』

「列車が入ってきた」

シェリルの声で私は我にかえった。言葉通り、頭上からもヘッドフォンからも、新幹線がすべりこむ響きが聞こえてきた。

むし暑い夜だ、そうさっきまで思っていたのが、何も感じなくなった。

「今のところ異状なし」

しばらく沈黙がつづいた。乗客が車内から流れでるのを見送っているらしい。

やがていった。

「異状なし。車内に入るわ」

「L・T」

　私はいった。

　メルセデスのエンジンが息を吹きかえした。尾灯がともる。

「――シェリルよ」

　シェリルの声が聞こえた。高津のいる個室の前に到着し、ノックをしたらしい。

「でるわ。用意はできてる？」

　ドアを開けた高津にいうのが聞こえた。高津の返事は聞こえなかった。

　一瞬、間があって、

「いっしょだ」

　という、男の声が私の耳に届いた。

　今度はシェリルの返事が聞こえなかった。

　やがて、布と布の触れあう音から、シェリルが歩き始めたことを、私は知った。

　そしてシェリルの小声が告げた。

「Dには連れがいる。ふたりになったわ」

　苦々しい口調だった。

「女か」

「そう——。急いで！」

厳しい口調が耳に刺さった。

「だって……」

若い女の声が小さく聞こえた。

私は舌打ちした。高津は、仙台から女を連れ帰ってきたのだった。

五分とたたないうちに、シェリルの姿が私の視界に入ってきた。シェリルは左手で若い女の腕をつかみ、半ばひきずるようにして、東京駅の構内をでてきたのだった。その斜めうしろを、大きめのボストンバッグを手にした男が歩いていた。Ｖネックのセーターを素肌に着け、ぴったりとしたジーンズをはいて、薄い色のサングラスをはめている。

高津京一だった。

シェリルがひっぱっているのは、髪の長い、典型的な尻軽娘だった。薄い生地でできたミニのワンピースを着けている。

「あなたはこっちよ」

シェリルはメルセデスの助手席のドアを開け、娘を押しこんだ。

「えー、なんでえ」

娘が不満そうにいうのがマイクを通して聞こえた。

Ｌ・Ｔがメルセデスの外にでて、高津が後部席に乗りこむまで、扉と高津の体をはさむようにガードしていた。L・Tの右手は腰のあたりに浮かんでいる。

「ぐずぐずいわないの。文句があるならここでおいていくわ」

シェリルがぴしりと娘にいうのが聞こえた。

「ちょっと、監督ぅ」

娘が鼻にかかった声をだした。

「小生の隣りは誰がすわるんだ？」

高津が不審そうにいった。

「私だよ。黙って乗りな」

L・Tの声が聞こえた。

「君が？」

「文句あるのかい」

「いや……」

最後にシェリルがメルセデスの運転席に乗りこむと、

「オーケイ、メジロー」

シェリルがマイクに向かっていった。

「よし。出発してくれ」

メルセデスがウィンカーを点滅させ、強引にタクシーの前に鼻先を割りこませた。

信号が青にかわるタイミングを見はからっていたのだ。派手なクラクションの抗議に送られて、メルセデスは銀座方面へと向かう通りに合流した。

私はぴったりとそのあとを追った。

「どこへいくんだい」

高津の声がヘッドフォンに流れこんだ。

「隠れ家」

シェリルが答えた。

「どこの？」

「今夜の」

「だから、それは――」

「悪いけど運転に集中したいから、話はあとにして」

シェリルが厳しい口調でいった。

「何なの、この人たち……」

娘がつぶやくようにいった。が、誰も答える者はいなかった。

メルセデスがこれから向かおうとしているのは、西麻布《にしあざぶ》にあるウィークリー・マンションだった。週単位で部屋を貸している、ホテルとアパートの中間のようなところだ。

シェリルはそこを含め、都内三ヵ所に同じような部屋をおさえていた。西麻布を選んだのは、明日、高津が訪ねるプロダクションのオフィスが六本木にあるためで、移動の時間をなるべく短くすることで、防禦率《ぼうぎょ》を高めようというシェリルの作戦だった。

フクロウがもし高津を襲うとすれば、行動予定がはっきりしている、明日を中心にした数日間のあいだ、というのが、シェリルの読みだった。だから、今夜を含めた、向こう数日間が正念場となる。

メルセデスは、溜池《ためいけ》から六本木交差点へと向かう登り坂にさしかかった。

私は三台うしろについて、メルセデスの周辺を走る車に気を配っていた。

「メジロー」

シェリルの声がヘッドフォンから流れだした。

「斜めうしろの白のセダン。あとは皆、タクシーだ。セダンは銀座からいっしょだ」

私はいった。

セダンには、運転席に男がひとり、後部席にカップルが乗っていた。たぶん時間帯と方向から見て白タクであることはまちがいない。

銀座を稼ぎ場にする白タクは、そのほとんどが、客を赤坂か六本木にピストン輸送して稼いでいる。

「――白タクね」

しばらくしてシェリルも同じ結論に達したのか、いった。やがてセダンは、六本木交差点を赤坂方面に右折する車線に入っていった。

シェリルがハンドルを握るメルセデスは、交差点を直進した。

ウィークリー・マンションは、西麻布の交差点の少し手前を左に入った場所にあった。

もちろんすぐにそこにアプローチするわけではない。最終的な尾行の有無を確認する必要があった。

メルセデスは西麻布の交差点を右折する車線に入った。そこで私はスピードをあげ、メルセデスのかたわらを追いぬいた。先に右折して、青山墓地方面に進み、ふたつ目の信号を左折する。

それは、青山墓地の中をまっすぐのびる一方通行路だった。墓地の中心の交差点にぶつかると、直進は進入禁止で、右折か左折しかない。右折すれば、青山斎場の横の道に戻ることになり、その一方通行路に入る前の道とぶつかるわけで、一方通行路を入った車は、ほぼまちがいなく全車が左折する筈の交差点なのだった。

私は墓石と桜の木に囲まれた一方通行路を走りぬけ、交差点内に入るとエンジンを切って停止した。昼間は休憩、仮眠をとるタクシーの多い一角だが、この時間帯になると、いちゃつきにくるカップル以外は、ほとんど止まっている車はない。

「メジローだ。異状ない」

私はあたりを見回していった。車は、交差点を左折して根津美術館の方角へ向かう道に二台止まっているほかはいなかった。

「じゃ、いくわ」

シェリルが答えた。

私はもう一度、あたりを見回した。

「大丈夫だ。つっこんでこい」

一方通行路を駆けあがってくるメルセデスのヘッドライトが見えた。今、メルセデスから見て、信号は赤だった。私が大丈夫だといったのは、交差する車がいないという意味だった。

メルセデスは赤信号を無視して、交差点を右折し、元きた道に合流する下り坂をおりていった。

私はバイクのエンジンを始動させずに待っていた。

あとを追ってくる車はなかった。

「よし。オーケイ」

私はいった。

「じゃあ、マンションの前で会いましょう」

シェリルの声が答えた。

借りた部屋は、ウィークリー・マンションには珍しい、二LDKだった。ベッドやソファを含む家具がそろい、キッチンには鍋やポット、オーブントースター、冷蔵庫などが備えつけられている。

リビングにおかれたソファで、我々は向かいあった。

近くで見る高津京一は、長身ではないものの、がっしりとした体格に、アンバランスな甘いマスクをもっていた。ただ、目には、どこか堅気の人間とはちがう、ふてぶてしい光が宿っている。

かたわらの娘はすっかりふてくされたのか、口をきこうとしない。

高津は向かいにすわったシェリル、L・T、そして私を、もの珍しげに見渡した。

「これで全員なのか、小生をガードしてくれるのは」

「そう。わたしの名前は知ってるわね。あとのふたりについては知る必要はないわ」

シェリルがいった。高津は首をふった。

「驚いた。あんたみたいな美人がこんな仕事をやるとは思っていなかった。小生はただの仲介役だと――」

「その方が楽だったかもしれないわ。そういうお喋りはあまりしたくないの。それからギャラの話もしないで。あなたに覚えておいてもらいたいことがある。これからそれを話すから、注意して聞いて」

高津は面くらったように瞬きした。

「まず、ひとつ。わたしたちは、あなたの生命を守るために雇われたのであって、話し相手になるためにここにいるのではない、ということ。だから、わたしたちに礼儀作法や友情は期待しない。いいわね」

高津は息を吸い、それを溜息《ためいき》にして吐きながら、

「はい、はい」

と、答えた。娘はそっぽを向き、脚を組んで煙草をふかしている。

「第二。どんな理由があっても、わたしたちが何かをあなたに命じたときは、それにしたがうこと。走れ、伏せろ、静かにする――いいわね」

「わかった」

「第三。わたしたちの契約は、あなたの生命に関してであって、ほかの人間の生命については含まれていない。だからそこのお姐さんを含む、第三者については、わたしたちはガードしない。殺されることがもしわかっていても、助けない場合がある」

「シビアだな」

娘はあっけにとられたようにシェリルを見つめた。赤く塗った唇が開いた。

「信じらんない」

「彼女の同行期間は？」

　それを無視して、シェリルはいった。

「明日、事務所にこの子を連れていって、新人契約を結ぶんだ。仙台で見つけた逸材なんだよ」

　あきらめたように高津はいった。

「じゃあ、明日いっぱいね」

「監督ぅ」

　娘が身をよじり、いった。高津は娘を見やり、シェリルを見て、何かいいたげに口を開けたが、結局、無言で頷いた。

「話はこれだけよ。それから、明日、ここをでるとき、明日の晩もここに戻ってくるとは限らないから、重要な私物はおいていかないように。とりに戻ってこれる時間はあるでしょうけど、いつになるか、わからないから」

「わかった。小生を殺そうってのは、やっぱりあれかい、西の方のヒットマンか何かなのかな」

　シェリルは首をふった。

「わからないわ。でもたぶん、やくざではないと思う」

　私は娘を見ていた。この娘は、高津といっしょにいれば生命の危険があることを認識していないようだった。シェリルと高津のやりとりを面白そうに聞いている。

「ねっね、そういうのって、スリルある。殺し屋か何かきちゃうわけ、監督」

高津は唇をすぼめた。やはり不安はあるようだ。

シェリルは立ちあがった。

「今夜はこれで終わりよ。外出はしないで。彼女とわたしが、隣りの部屋で寝るわ」

シェリルはＬ・Ｔを目でさした。

「そんなぁ」

娘が唇を尖《とが》らせた。

「あんたは？」

高津が私を見た。シェリルが代わって答えた。

「今後のための下調べよ。明日の、事務所以降の予定は？」

「たぶん、この子を連れて、事務所の連中と飯を食って、それからどこかに飲みにいくだろうな」

「いく店は？」

「決まってない」

「可能性のある店を教えて」

高津は唇をなめ、眉間に皺《しわ》をよせて、何軒もの店の名をあげた。レストラン、バー、ディスコ、クラブなど、多く入りまじっている。

シェリルはそれに耳を傾け、頷いていた。どうやら、高津のあげた店すべてを知っている様子だった。

「『カテリーナ』と『ビストロ・ドゥ・マルシェ』はやめて。どちらも出入口がひとつしかないから」

高津は驚いたように目をみひらいた。

「駄目かね、ひとつじゃ」

「襲われたとき、逃げ場がないわ」

「わかった」

高津は頷いた。

「その二軒は外すよ」

「明日、事務所をでるときまでに、今いった中の、いく店を決めておいて。ほかの店はなしよ。いいわね」

「厳しいな。いつもそんなに厳しいのか」

「いいえ」

シェリルは冷たくいった。

「じゃあ何で――」

「最初でつまずきたくない、それだけよ」

高津は瞬きした。シェリルが私とL・Tに頷き、私たちは立ちあがった。

「セックスをしても何をしてもいい。この部屋の中なら。ただし外に電話をかけるときは、ぜったいに居場所を、ほかの人間には話さないこと。冷蔵庫の中に、飲物と簡単な食べ物が入っているわ」

「アルコールも？」

「ビールとウィスキーが」

高津は首をひねった。

「ブランデーがないと眠れないんだ」

「じゃあ寝ないで」

「ちょっと、あんたいばりすぎじゃないの。ボディガードってのは、使用人でしょう」

娘が立ちあがり、シェリルに詰めよった。

「買ってきなさいよ、ブランデーぐらい」

シェリルは無表情だった。L・Tがむっとしたように何かをいいかけた。それをシェリルは制した。

「いいわ。好みの銘柄は？」

「ヘネシーかマーテル」

高津がいった。

「あとで届けよう」

私が口を開いた。シェリルは私を見、頷いた。

「お願い」

13

四谷三丁目にある深夜まで営業している大型スーパーでブランデーを買った私がウィークリー・マンションに戻ったのは、午前一時を三十分ほど回った時刻だった。

部屋は最上階の、七階にある。エレベータを降り、表札のない同じような扉が並んだ廊下を歩いていって、ドアをノックした。

「誰?」

「メジローだ」

合言葉が決めてあった。もし、銃などでおどされて、部屋のドアをノックしたときは、単に、「俺だ」とか「わたしよ」ということになっている。

シェリルがドアを開いた。ドアが開くのと反対側の壁ぎわにL・Tが立ち、両手で銃をかまえていた。合言葉が通じていても、用心をしているのだ。

私は中に入ると、買ってきたブランデーの箱をさしだした。

リビングと、ドアをへだてて部屋がふたつあり、そのうちひとつのドアが閉まってい
て、甲高い女の悲鳴のような声が聞こえていた。

私は眉を吊りあげ、シェリルを見た。

「いつからだ？」

「あなたがでていってすぐよ。もう一時間以上ね」

シェリルがいった。L・Tが軽蔑もあらわに吐きだした。

「まったく盛りのついた雌犬のような女だ」

「冷たくされたんで、腹いせに、わざと大きな声をだしているのじゃないか」

私はいった。シェリルが苦笑した。

「でも、あつかいやすい方よ、クライアントとしては」

私たちはリビングのソファに腰をおろした。悲鳴のような叫び声は、今度は許しを請
うようなすすり泣きにかわっていた。

「ベッドの上の実力は、噂通りのようだな」

「それが何の役に立つんだ」

L・Tが吐きすてた。シェリルがおかしそうに目を丸くした。

「あら、知らなかったの、L・T。平和な日本じゃ、ベッドテクニックは、立派な戦闘
能力よ」

L・Tは鼻を鳴らし、マールボロをくわえた。

「しすぎて足腰立たなくなっても、か」

「トレーニングにはならないか」

私がいうと、さすがに苦笑いを浮かべた。

「聞いたことはないね。ドラッグよりはましだろうが」

「〝福耳〟の方はどうだった？」

シェリルが訊ねた。私は答えた。

「『ポット』に警察が入って、鹿屋がきていたそうだ」

四谷に回る前、私は〝福耳〟のもとを訪れていたのだった。

「鹿屋はフクロウについて、何かつかんでいるのかしら」

「マークの住居を捜索して何かがわかれば、だろうな」

「マークがフクロウとつながっていたなんて、考えたこともなかった」

シェリルはマークのことを思いだしたのか、暗い表情になった。

「シェリル、マークの仇をとりたいか」

私はいった。シェリルは顔をあげ、私を見つめた。

「どういうこと？」

「その通りの意味だ。今度の仕事に関して、俺たちは一見、協力しあっているようだが、このままだといずれチームワークは崩れる。そのことはわかっているのだろう」

「何のことだ？」

L・Tが不審そうにいった。シェリルには、私の言葉の意味は通じていた。

シェリルは遠くを見るような、ぼんやりとした表情になった。

「この仕事を引退することになるかもしれないと思う？　メジロー」

「誰でもいつかは引退する。問題は、生きて引退するか、死体で引退するか、ということさ」

「何をいってるんだ、ふたりとも」

L・Tはさっぱり理解できない、というように首をふった。私が答えようと口を開いたとき、奥の寝室との境のドアが開いた。

裸の上に淡いブルーのバスローブを着けた高津が立っていた。

その向こうに、ベッドにうつぶせに横たわっている全裸の娘の姿があった。

「いや、おさわがせしました」

高津は上気した顔に、照れたような笑いを浮かべていった。ひきしまった胸板を、滝のような汗が流れている。

娘はすっかり堪能《たんのう》したのか、ぴくりとも体を動かさない。

高津はリビングルームに入ってくると、シェリルの隣りにどすんと腰をおろした。テーブル上におかれたブランデーに目をとめる。

「お、本当に買ってきてくれたのか。これはありがたい」

L・Tが、並みの男なら前をおさえて逃げだしたくなるような鋭い視線を向けた。だが、高津はいっこうに気にせず、包装をはがしにかかった。

「満足した?」

シェリルがやや皮肉のこもった口調でいった。

「まあ、小生が見こんだだけの感度は備えておりましたよ」

高津はいい、

「グラスは?」

と、L・Tを見た。L・Tは鼻を鳴らして立ちあがり、キッチンからグラスをとってきた。私は、それを高津にぶつけるのではないかと思った。

だが高津はにっこりと笑い、手をさしだした。

「お気を悪くされては困るが、あなたのその迫力あるボディを作品に生かしてみる気はないかな」

「何だって?」

L・Tは眉をひそめた。

「つまり、小生の監督するビデオに出演する意志の有無をうかがっているのですよ。それともあなたはレズビアンで、男は相手にしない？　ならば相手役の女性を含めてでも結構だが」

　女を抱くことで、エネルギーを消耗するどころか、チャージできるタイプらしい。が、相手が悪かった。

　L・Tはにっと笑って高津のかたわらに腰をおろした。シェリルが尻をずらして場所を提供する。

「私がレズビアンに見える？」

「可能性は否定できない」

　L・Tの手がすっとバスローブの内側にさしこまれた。高津が、うっと呻いて、背すじをのばした。

「これに興味がない女に見える？」

「いや……そこまでは……」

「本当は大好きなんだ。コレクションしてるくらいでね。ホルマリンに漬けて」

　高津は目をみひらいた。

「じょ、冗談でしょう」

　L・Tの左手が、自分のスウェットパンツのすそにのびた。たくしあげ、ふくらはぎに留めたコンバットナイフをひき抜いた。

「死なないようにカットしてやるよ」

その巨大な刃光を見て、高津はまっ青になった。

「シ、シェリル……」

ささやくようにいう。

「ウタマロ級《クラス》だと思ったら、そうでもないんだね」

L・Tは歯をむきだし、意地悪く笑った。

「シェリル……」

「あやまった方がいいわ」

シェリルがそっけなくいった。

「わ、わかった。小生が悪かった。侮辱するつもりはなかったんだ。許してください」

L・Tは目を細め、じっと高津の瞳をのぞきこんでいた。が、すっと右手をひき抜き、ナイフをふくらはぎに戻した。

高津はほっと息を吐きだし、額の汗をぬぐった。

「殺し屋に襲われる前に、ボディガードに殺されたなんて、洒落《しゃれ》にならんよ」

「あなたが悪いのよ」

シェリルがいった。高津は首をふった。

「た、ただ、小生は、皆さんの人間的な関係がどのようなものかを知りたかっただけなんだ。たとえば、この彼が、いったいどっちの彼女とつきあっているのか、とか」

私をさしていった。

「そんなこと知る必要があるの」

「すべての女性に興味がある性質《たち》なんだ」

L・Tが指をつきつけた。高津は顔をそらした。

「私には興味を持たないことだ」

「わ、わかった。小生が好きではないようだ。そうなのだろう」

L・Tは面白くもない、というように笑った。

「お前より、お前を殺す奴に、友情を感じるね」

高津は目を閉じて、頷いた。そして目を開くと、ブランデーのボトルとグラスをつかみ、そろそろと立ちあがった。

「小生は、眠らせてもらう。よろしいか」

「どうぞ。誰も止めないわ」

シェリルがいい、高津は寝室に戻っていった。ドアが閉まると、シェリルはL・Tを見た。面白がっているようにいう。

「やりすぎよ、L・T」

「奴はクソだ」

　L・Tは低い声でいった。

「クソをいじったら、自分の手もクソだらけよ。手を洗ってきたら？」

　L・Tは初めて気づいたように自分の右手を見た。

「そうだ、忘れていた！」

　バスルームに駆けこんだ。

　シェリルは私を見つめ、ひっそりと笑った。私は笑いかえした。

「さっきの話だけど、またにしましょう。今日は遅いわ」

「ああ」

　私は頷き、立ちあがった。

　今夜、私はウィークリー・マンションの前に止めたメルセデスの車内で夜を明かすことになっていた。クジで公平に抽選してあてた役回りだ。

「おやすみ、シェリル」

「おやすみ、メジロー」

　私は、L・Tがバスルームからでてくるのを待たず、部屋をでていった。

　翌朝、九時に、私はハンバーガーショップで買いこんだ五人分の朝食を部屋に届けた。

　朝食を終えると、シェリルが高津に訊ねた。

「何時にプロダクションを訪ねるの」

「十時だ。この子の契約をすませたら、あとは、ロンドンでの仕事の打ちあわせに入る」

「終わるのは？」

「たぶん、午後いっぱいかかるだろう。電話をかけたり、テレックスを打ったりしなければならんから」

高津は淡いベージュのスーツに着がえていた。娘の方も、スカート丈の一段と短いスーツになって、化粧をかなり念入りにほどこした顔をしている。

「わかった。彼が先にプロダクションに向かって、まわりをチェックする。彼からのオーケイのサインをもらったら、ここをでていくわ」

シェリルがいい、高津は頷いた。

私はハンバーガーの残りを紙コップのコーヒーで流しこみ、立ちあがった。高津のプロダクションの場所は、すでに頭に入っていた。六本木交差点を赤坂方向に向かった、一本奥の路地だ。

「連絡する」

「待ってる」

私はマンションの外にでると、止めておいたバイクにまたがった。ヘルメットをかぶり、マイクの位置を調整する。

「メジローだ、聞こえるか」

「聞こえるわ」

私は空を見あげた。今にも降りだしそうな厚い雲が低くたれこめている。

「雨になりそうな天気だ」

室内にいるときは、ぜったいにシェリルはカーテンを開けさせないので、中の連中には天気の状態がわからない。

「好都合よ。標的の見分けが、向こうにはつきにくくなる」

「なるほど」

私はいって、バイクのエンジンをスタートさせた。西麻布から、高津のプロダクションがあるビルまで、バイクなら五分とかからない。

交差点を登り、左折して、数本目の路地を右に折れた。あたりのビルは、一階、二階、地下などが、レストランやバーで、上の階がオフィスになっているところが多い。路地は細く、一方通行になっている。道に面した店は、一軒ある喫茶店をのぞけば、すべてシャッターをおろしている。

路地に止まっている車はなかった。オフィスといっても、このあたりのオフィスは、ほとんどが昼近くにならないと人が動きださないようなところばかりのようだ。

芸能関係のプロダクションやレコード会社、あるいは水商売の事務所などである。

高津のプロダクションは、「オフィス・ジャックポット」と「カスタム映像」といった。「オフィス・ジャックポット」が高津の会社で、「カスタム映像」が、高津を共同経営者におく制作プロダクションだ。

この二社は同じビルの同じフロアに入っている。

バイクをそのビルの少し先で止めた。

「ビルの外側には誰もいない」

マイクにいった。

「エレベータと非常階段をチェックして」

シェリルの声が私に命じた。

私は雑居ビルの入口に歩みよった。入って正面にエレベータがあり、右手が郵便受け、左手に細い階段がある。

エレベータに乗りこんだ。前を向くと、非常階段の踊り場に、ふたりの男がしゃがみこんでいる姿が見えた。

ふたりは、やくざのように見えた。

ふたりの男は、エレベータに乗りこんだ私をじっと見つめた。私はヘルメットをかぶったままだった。

エレベータのドアが閉じた。エレベータの中では無線は使えない。

「カスタム映像」が入っているのは、ビルの五階だった。私は先に押しておいた五階につづき、四階のボタンも押した。

エレベータは上昇を始めた。四階で停止し、ドアが開く。私はエレベータを降りた。

四階には、不動産会社のオフィスが入っていた。私はそのガラス扉の前に立ち、マイクに声を送りこんだ。

「シェリル」

「何、メジロー」

「一階の階段にふたり、やくざらしいのがすわりこんでいる。張りこみをしているように見える」

「今、どこ？」

「四階だ。Dのオフィスはひとつ上にある」

ガラス扉の奥にあるカウンターにすわった、制服の女子社員が怪訝そうにこちらを見つめていた。

「Dを待っているのだと思う？」

「わからん」

シェリルはつかのま、考えていた。

「待っているのだとしたら、フクロウ以外の人間を神戸は雇ったことになるわね」

「ああ」

だとしても事態はかわらなかった。相手がフクロウではないからといって、高津をひき渡すわけにもいかない。

「そのビルに裏口は？」

「ない」

シェリルが息を吐くのが聞こえた。

「とりあえず、いくしかないってことね。その上で、そいつらがしかけてきたら――」

「嬉しくないことになる」

もうひとつ可能性がある、と私は思っていた。ふたりのやくざが高津を狙っているとしても、御田代ではなく、フクロウに雇われている可能性だ。

理由は、高津についたボディガードを調べる。フクロウは、向かいのビルかどこかで、ボディガードとやくざが衝突するようすを観察する。自分が襲うときの参考にするためだ。

「五階を見て」

「了解」

私は階段をあがった。四階から五階にかけての踊り場には誰もいなかった。

「カスタム映像」「オフィス・ジャックポット」のふたつとも、ドアが閉まり、廊下に人けはない。

「五階は大丈夫だ」

「了解。外にでたら連絡をして」

「わかった」

私は五階で止まっていたエレベータに乗りこみ、一階に降りた。

やくざたちはまだ階段の中途に腰かけていた。ひとりはノーネクタイに紺のスーツを着け、もうひとりは、白いブルゾンにクリーム色のスラックスをはいている。

私が目を向けても、興味なさげに、そっぽを向いていた。ふたりとも、二十代の後半くらいだった。私が高津でないことは、体つきを見ればわかるようだ。

私はビルの外にでると、バイクにまたがった。表通りにぶつかるまでバイクを進め、交信を再開した。

「まだいるぞ」

「これからそっちへ向かう」

「外で契約を結ぶとかできないのか、社員を呼びだして」

無用なトラブルを避けたくて、私はいった。シェリルは苦々しげに答えた。

「Dはどうしてもオフィスに顔をださなければいけないらしいの。だからいくわ」

「了解。俺はどうすればいい？」

「ビルの近くに待機していて。ただし、わたしたちには接触しないように」

「わかった」

数分後、L・Tがハンドルを握ったメルセデスが私のかたわらを通過した。後部席に、シェリルと高津の姿があった。仙台から高津が連れ帰った娘はいない。

私はバイクをターンさせ、あとを追った。

メルセデスは、ビルの入口の前に横づけになった。そのすぐうしろに、私はバイクを止めた。

運転席からまずL・Tが降りた。あたりのビルの窓を見上げる。ポツポツと、雨がふりだした。

L・Tは私には目もくれず周辺を見回すと、後部席のドアを開いた。シェリルが降りたった。ついで、シェリルとL・Tに前後をはさまれるように高津が降りた。

三人はビルの入口をくぐった。

三人がエレベータホールに達する前に、階段をふたりのやくざが降りてきた。ふたりは、三人に背を向ける格好で、先にエレベータの前に立った。私はビルの入口から、そのようすをのぞきこんでいた。

エレベータは四階で止まっていた。やくざのひとりがボタンを押し、それからなにげないようすで三人をふりかえった。

次の瞬間、戦闘が始まった。

紺のスーツが右手を腰のうしろに回し、匕首《あいくち》をひき抜いた。白い刃が光った。ブルゾンが高津にとびかかる。ブルゾンの右手をL・Tがつかんだ。ブルゾンの体がくるりと半回転し、ちょうど開いたエレベータの中につんのめるようにとびこんだ。

匕首を握ったスーツ男は、高津につっこむ暇もなく、側頭部をシェリルに蹴られてたたらを踏んだ。シェリルはさらに男に向かって踏みこむと、二段蹴りを浴びせた。男の体はエレベータホールの壁に叩きつけられた。

L・Tの体がエレベータの入口をふさいでいた。ただ肩の動きで、中の男が痛めつけられているらしいことはわかる。

戦闘は始まったときと同様、唐突に終わった。顔を血まみれにしたブルゾンと、右腕を抱えたスーツが、よろけるようにビルの外へとびだした。スーツの男の右肘は、反対側に折れ曲がっている。

私は一瞬、やくざたちのあとを追おうかと思った。が、仮りにふたりがフクロウに雇われていたとしても、まっすぐフクロウのもとに向かうわけはない。

高津は呆然とつっ立っていた。襲撃者たちが痛めつけられ、追いはらわれるさまを、指一本動かすでもなく、ただ唖然と見つめていたのだ。

「乗って」

何ごともなかったようにシェリルが高津をうながした。高津はぎくしゃくとエレベータに乗りこんだ。

L・Tがあとを追う。シェリルが指示を与えた。

「わたしが先に階段で五階まであがる。連絡したら、エレベータであがってきて」

そして私の方を向いた。

「メジロー、あなたは建物の外にいて、警戒していて。あのふたりが戻ってきたり、それ以外に変なのがいたら、すぐに連絡して」

「了解」

シェリルもL・Tも、片耳にイヤフォンをさしこんでいる。シェリルは私の返事に頷くと、駆け足で階段をのぼっていった。

私はビルの外にでた。ふたりのやくざの姿はなかった。もう一本離れた通りにでも車を止めておいたのだろう。運転手を待たせてあったにちがいない。

「――シェリルよ。今、五階についた。いいわ、あがってきて」

シェリルの声を聞き、私はエレベータの扉を押さえていたL・Tに外から手で合図を送った。L・Tが頷き、エレベータの内部に入った。扉が閉じて上昇する。

私は、L・Tが止めたメルセデスの運転席に乗りこんだ。これから、高津がオフィスでの仕事を終えるまでの間、ひたすら待つのみだ。

三十分ほどして、ビルのエレベータから、ジーンズをはいた若い男が現われた。男は不安げにあたりをきょろきょろ眺めながら歩いていった。

ほどなく、例の仙台の娘を連れて戻ってきた。近くの喫茶店ででも待たせていたようだった。娘を連れ、男はエレベータで階上にあがっていった。

私はヘルメットを外し、メルセデスのシートに背中を預けて、時間が流れるのを待っていた。無線のヘッドセットからは、オフィス内でのやりとりが流れてきていたが、内容は私の興味を惹くものではなかった。

高津は神経質になっていて、スタッフに厳しい言葉づかいをしていた。〝スター〟である高津に対し、いいかえせる人間は、オフィス内にはいないらしい。高津は電話をあちこちにかけさせ、書類をとりよせ、そして撮影ずみのビデオをつぎつぎに上映させては、あたり散らすように文句をつけていた。

その間、シェリルとL・Tの声はまるで聞こえなかった。ふたりとも、まるで幽霊になったかのようにおし黙り、待っているのだった。きっとL・Tはうんざりしているのだろう、と私は思った。

やがて昼食の時間になり、デリバリイの弁当が運びこまれた。

高津の仕事は、まだまだ終わりそうになかった。どうやら夕食までオフィスにいすわることになりそうだ。

昼をすぎると、オフィスにはひっきりなしに電話がかかりだした。その大半が高津あてにかかってくるものだった。

高津は電話にでると、一転して愛想のいい口調にかわった。中には、週刊誌などからのインタビューの問いあわせもあったが、それはシェリルの指示で、すべてオフィス内でおこなわれることになった。

ようやく五時になった。高津は、社員に命じて、レストランに席を予約させた。昨夜、高津が名前を挙げたうちの一軒で、個室を備えた中国料理店だった。そこにあるいちばん大きな個室を、二十名ということでおさえた。

時間は六時からだ。

五時四十分、私はメルセデスのエンジンを始動させた。中国料理店は、歩いて数分の場所だったが、シェリルはたとえ遠回りすることになっても、車で向かうことを主張したのだ。

エレベータからぞろぞろと、高津のスタッフたちが降りてきて、傘をひらき、徒歩で中国料理店に向かった。

最後にL・Tとシェリルにはさまれた高津が現われ、三人ともメルセデスの後部席に乗りこんだ。

私はメルセデスを発進させた。中国料理店の場所はわかっていた。こちらからいくと一方通行の反対側の出口にあたるため、ぐるりと大回りをしなければならない。

「食事のあとの予定は？」

シェリルが高津に訊いた。

「バーにいって、クラブというのがパターンだ」

高津は答えた。ルームミラーでのぞくと、少し疲れたような顔をしている。高津はサングラスをかけた。

「クラブはまずいわ。ガードが難しくなる」

「じゃあやめよう。カラオケは？」

「ましね」

「じゃ、カラオケだ。次の店から電話をして、貸し切りにさせる。それならいいだろう？」

「けっこうよ」

「――朝のあいつらだが、もう襲ってはこないだろうか」

「あのふたりはね。ひとりは腕の骨を折ってあるし」

「じゃあ、安心していいのか」

高津の声に元気が加わった。

「そうはいかない。たぶん、あのふたりは試しにさし向けられたのだと思うから」

シェリルは、私が考えていたのと同じことをいった。

「試し？」

「あなたをガードしているのが、どれくらいの腕かをはかるため」

「じゃあ、またくると――」

「あんな程度ですむ筈がない。御田代は本物のプロを雇っている筈よ」

高津は沈黙した。

私はメルセデスを中国料理店の前に着けた。L・Tが先に降り、中のようすを調べに入った。徒歩で向かった連中は、先に個室に入っていた。

「わたしたちは個室にはいかない。個室のそばのテーブルにいる」

「わかった」

L・Tが戻ってきて、異状のないことを報告すると、シェリルとL・Tは高津をはさんで店内に入っていった。

私は車を回し、店の横にある駐車場におさめた。

中国料理店は、入口が広く、奥にいくにつれ細長くなったつくりをしていた。手前の広いスペースに白布をかけられたテーブルが並び、細長くなっているのは、個室が面した通路だ。

私が店内に入っていくと、その通路にいちばん近い席に、L・Tとシェリルが腰かけていた。店の入りは、時間が早いせいで、三分といったところだ。カップルやサラリーマン風のグループなどだった。やくざや殺し屋に見える人間はいない。

「Dは？」

「いちばん手前の個室よ。奥にもみっつ個室があって、ひとつが塞がっている」

ウェイターがメニューを届けにきた。L・Tが受けとり、息を吐きながら開いた。

「あと何日、あのクズにつきあわなけりゃならないんだ」

「たった一日でうんざりか」

「死んでも残念とは思わない。それは確かだ」

メニューには英語の説明もあり、それを読んだL・Tは、大量の料理を注文した。

「食事代は奴が払うんだろ」

「そうよ」

「じゃ、せめてもの楽しみだ。たっぷり食べさせてもらう。目の玉のとびでるような値段だけど」

ウェイターが立ち去ると、私はシェリルを見た。

「あのふたりはフクロウがさしむけたのだと思うか」

「半々ね、可能性は。もし神戸が雇ったのだとすれば、Dがボディガードを用意しているのを知らなかったということになる。ボディガードがいるのがわかっていたら、あんなに簡単なやり方はしないでしょう」

「知っていてさし向けたとすると？」

「フクロウね。こっちの装備を調べよう、というつもりだったかもしれない。L・Tが銃を使わなかったのは正解よ。向こうはこっちを丸腰だと思うだろうから」

L・Tは鼻を鳴らした。

「あんな連中くらいで、ガンなんか必要ない」

「もしフクロウなら、どうすると？　間をあけるか、すぐに襲ってくるか」

「ニワトリと卵のようなものよ。ふつうのプロなら、一度めの状況を分析して、次に襲うときはじっくり用意を整えてくる。でも、こちらがそう読むと思えば、予期しない短時間のうちに勝負をかけてくることも考えられるわ」

「結局、気はぬけない、ということだな」

「そういうことよ」

「ただし、向こうは、このふたりがDについていることを知っている。ひき離そうとするか、三人ともまとめて面倒を見ようとするか」

「見てもらおうじゃないか」

L・Tが運ばれてきた料理をかたっぱしから片づけながらいった。

「どちらにしても、勝負はたぶん一度きりよ」

「もしフクロウがそれで失敗したら——？」

私はいった。シェリルはじっと私を見つめた。

「失敗のしかたにもよるわ」

「完璧なガードを考えているのか」

「きのうの夜のつづきね」

L・Tが皿から顔をあげた。

「そうだ。どっちをとる？　シェリル」

シェリルはつかのま、苦しげな表情になった。シェリルと私は、ほとんど食事に手をつけてはいなかった。

「またその話か。私にもわかるように、どちらかが説明してくれ」

L・Tがいった。私は箸をとり、ピータンを皿にとり分けた。

「完璧なガードじゃどこかまずいのか」

L・Tがなおもいった。私はL・Tを見た。

「L・T、あんたの目的は何だ」

「フクロウを殺すことだ。決まっているだろう」

「そのためにはフクロウと会わなけりゃならん」

「あたりまえのことをいうな」

「完璧なガードをしている限り、フクロウは手をだせない」

L・Tは口をあんぐりと開いた。

「フクロウが、ここにやってくると思うか。我々の目の前を通って、あの個室にいるDを堂々と殺しにやってくると思うか」

私はいった。

「つまり――」

「そうさ。スキのないガードをしていたら、あんたの目的は果たせない。だが、シェリルの仕事は達成される。シェリルの仕事はフクロウを殺すことではなく、Dを守ることだからだ」

「じゃあ、どうすればいいんだ」

「それを今、シェリルと話していたんだ。シェリルに引退する気があるのかどうかを」

「引退?」

訊ねたL・Tにシェリルは向きなおった。

「もしフクロウを仕留めるなら、Dを囮にする必要がある。わざとスキを見せて、フクロウにDを殺すチャンスを与えてやらなければならない。でも、それに失敗すればDは殺されて、わたしはボディガードとしての信用を失う。一度でも失敗したら、この仕事をつづけていくことはできない。たとえフクロウを殺せたとしても、Dを殺されたあとだったら、わたしにとって結果は同じよ」

「フクロウを殺るチャンスをつかむということは、シェリルに引退の危険をおかさせるのと同じなんだ」

　私はいった。

「逆にいえば、フクロウからクライアントを守るという仕事と、L・T、あなたの目的とは、別々のことなのよ」

　L・Tは顔をこわばらせていた。

「いったいどうすればいいんだ」

「フクロウを罠にかけるしかない。ただし、罠のエサはDだ。シェリルがノーといえば、この罠は成立しない」

　私はシェリルを見つめた。シェリルは静かにいった。

「もし、マークが殺られていなかったら、わたしこんなことで迷ったりはしなかったでしょうね」

「わかっている。何よりも自分の信用を大切にするのがプロだ」

私は答えた。しばらく、誰も口を開かなかった。

高津らのいる個室のドアが開いた。高津と、あとふたりの男たちが、赤らんだ顔で現われた。

「どこへいくの？」

「手洗いだよ」

L・Tが立ちあがった。高津は驚いたように目を広げた。

「トイレまでついてくるのか」

「入口で待つ」

L・Tはぴしゃりといった。

「俺もいこう」

私は立ちあがった。

五人は店の中を移動した。高津の顔は知られている。視線が我々に向けられた。

トイレは入口に近い、バーカウンターの横にあった。この店は、客の待ちあわせなどのために、バールームを別に設けてあるのだ。

トイレの中は、通路が途中でふたまたに分かれ、男用と女用に通じている。

私と高津ら四人は、タイルをしきつめたトイレに入った。L・Tは通路の入口で、腕組みして立っている。

小便器に並んで立ち、私は訊ねた。

「宴会はあとどれくらいで終わるんだ」

「三十分、かな」

「そのあとの店の予約はすませたのか」

「ここをでたらするさ。なあ、今日はもう大丈夫なのだろう」

高津は私をのぞきこむように見ていった。

私は高津を見かえした。静かにいった。

「わからない」

「だって、今朝のあいつら、あいつらだって一応はプロだろうが」

「シェリルの話ではプロのうちには入らんそうだ。あんな雑なやり方を、本物のプロはしないとさ」

高津は不思議そうに瞬きした。

「あんたはプロのボディガードじゃないのか」

私は彼を見つめ、返事をしなかった。

「――いったい、本物のプロってのは、どんな奴なんだ」

「俺もそれは知りたい」

「何だって？」

「本当に知りたいんだ」

私はいって、彼のそばを離れた。

14

その夜は何も起きず、翌日もまた無事に過ぎた。翌日の高津の行動は、一日めと同じようなものだった。事務所にいき、そのあと、食事をして酒を飲む。宴会のメンバーは、スタッフが数人と、日替わりで現われる〝女優〟たちだった。

高津は、東京に着いた夜をのぞけば、ベッドに女をくわえこむことをしなかった。〝慎んで〟いるのか、実際は噂ほどの漁色家ではないのか、私にはわからなかった。

三日め、前二日間と同様に、事務所をでた高津らに同行して、私たちは、原宿の「カリフォルニア風フランス料理」の店にいた。

店のいちばん奥にある横長のテーブルに、高津らはいた。

私たち三人は、入口に近い席だった。ウナギの寝床のような形をした店で、出入口は、奥と手前の二ヵ所だ。

前夜の夕食は、高津らのテーブルのすぐそばの席だったので、罠に関する会話は、シェリルとL・Tのあいだにはでなかった。

だがこの二日間、L・Tは確かにいらだち、シェリルは何ごとかを考えこんでいた。

「――決めたわ」

陽焼けしたカリフォルニア風のウェイターがオードブルをさげ、次の料理を運んできたとき、シェリルが低い声でいった。

一日めとちがい、面白くなさそうな顔つきで料理をつつきまわしていたL・Tが目をあげた。

「何を？」

「わたしは、この仕事を最後に引退する」

L・Tが目をみひらいた。

「つまり――」

「聞いて、L・T。マークが死んで『ポット』がなくなった今、わたしたちには、『ポット』にかわる連絡場所が必要よ。誰かが、マークのあとを継がなければならないの」

「――あんたがそれをやるのか。ボディガードを引退して」

「そう。いつか店をやろうと思っていたし、ここらが引きどきみたい」

私の言葉にシェリルは微笑《ほほえ》んだ。

「フクロウを殺す？」

「マークの供養にもなるわ」

そのとき、ウェイターが私たちの前を通った。コードレスホンを手にしている。電話は高津のもとに運ばれた。

高津が受けとり、耳にあてるのが見えた。

「そろそろ女恋しくなってきたかな」

私はいった。L・Tがじっと高津を見つめた。

「Dはどうするんだ」

「計画をたてたの。たぶん、事務所を中心としたDの動きは、フクロウにつかまれているわ。わたしたちのガードが下がれば必ず、フクロウはDを襲う」

「それで?」

「明日が、Dが事務所にでる最後の日よ。雑誌のインタビューを二件こなしたあと、Dはフリーになる。その時点で、Dをウィークリー・マンションではなく、ホテルに移動させる。

不特定多数の人間が出入りするホテルでは、フクロウは襲いやすくなる。そしてわたしたちはふた組に分かれて、彼とは関係のない客としてチェックインする」

「どこのホテルに?」

「フクロウが襲いやすいように、都心ではなく、どこか田舎のリゾートホテルを選ぶわ。大丈夫、コネはあるから、二、三泊なら、すぐにでもおさえられる。わたしたちは、ここまでくれば安全だからといって、Dに対する締めつけを少しゆるめる。ある程度、ひとりで行動するのを許すのよ。散歩をしたり、好きにさせるの。フクロウは必ずしかけてくると思うわ」

「そいつを待つのか」

L・Tが意気ごんでいる。

「ええ。Dには気づかれないよう、監視してね。フクロウがしかけてくるのを待つわけ」

シェリルは私の顔を見た。

「どう？　メジロー」

「自信はあるのか」

「わからない。でもこのまま迷ってガードをつづけていれば、結局、どこかでつけこまれるわ。それに比べればましなような気もするの」

私は頷き、高津らのテーブルを見やった。高津の姿がなかった。

「Dがいないぞ」

L・Tとシェリルははっとしたように顔をあげた。

「トイレじゃないのか」

L・Tがいった。

「ちがうわ。トイレは入口のそばにある。トイレならば、わたしたちが気づかない筈がない」

シェリルはさっと立ちあがった。食事をつづけているスタッフのテーブルに歩みよった。

「高津さんはどこにいったの？」

毎日顔をあわせているスタッフのひとりを見つめた。その男は顔を伏せた。

テーブルについている者全員がおし黙っていた。

L・Tがひとりの首根をつかみ、吊るしあげた。

「どこだ？」

「で、電話があって、でていきました」

「誰から!?」

「永生えりです」

御田代の娘だ。今度の事件のきっかけになった張本人だった。

「しまった！」

シェリルが唇をかんで、奥の扉を見た。

「監督は、話をつけられるかもしれないからって……」

L・Tはその男を放りだし、奥の扉に走った。

扉を開けて、外にでた瞬間、L・Tの手にデトニクスが握られていた。

そこはコンクリートの壁が、ほんの一メートルほど前まで迫った隣家との狭い空間だった。

「銃をしまえ」

私はいって、L・Tのわきをすりぬけ、その狭い通路を進んだ。通路の先は、レストランの裏手につながり、やがて表参道《おもてさんどう》につきあたった。

もちろん、高津の姿はなかった。イルミネーションが輝く宵の表参道は、多くの若者でにぎわっている。

「おびきだされたな」

私はいった。シェリルと見つめあった。苦い目を互いにしていた。

「どうする？」

L・Tが荒々しくいった。

「〝福耳〟だ」

私は低い声でいった。シェリルは頷いた。

メルセデスに戻り、無線機のスイッチを入れた。

「〝福耳〟、聞こえるか」

私はマイクに向かって叫んだ。

「返事をしろ！〝福耳〟」

「聞こえているよ、メジロー」

〝福耳〟の声が応えた。案の定、〝福耳〟は、耳をすませていた。

「よし。いいか、よく聞いてくれ。Dが――Dというのは誰だかわかるな――」

「ああ」

「Dがフクロウにおびきだされた。フクロウが手っとりばやく仕事をしたら、すぐにでもDの死体が見つかる筈だ。警察無線はモニターしているな」

「している」

「じゃあ、死体が見つかったという通報があったら、すぐ知らせてくれ」

「Dのか」

「そうだ」

「メジロー」

「何だ？」

「あんたたちは、フクロウを殺る気なのか」

私はシェリルを見た。シェリルが頷いた。

「そうだ」

私はマイクに声を送りこんだ。

「本気でか」

「本気だ」

「だったら、俺は……」

〝福耳〟は何ごとかをいい淀《よど》んだ。

「何なんだ、〝福耳〟」

「あんたたちにいってないことがあるんだ」

「何だと？」

「あの日……マークがフクロウに殺られたとき、マークは俺に電話をしてきたんだ。たぶん、殺られる直前だと思う」

「どんな電話だ」

「マークは『話がこじれたとき、そこへいって話しあえ』と、シェリルに伝えてくれといった」

「そこ？」

「麻布にある『クーリー』というバーだ」

「クーリー」

シェリルがつぶやいた。

「『クーリー』にいって話しあえ、マークはそういったのか」

「そうだ」

「ほかには」

「それだけだ。『話がこじれたとき、そこへいって話しあえ。麻布にある、『クーリー』というバーだ、シェリルにそう伝えろ』と」

「なぜ今まで黙っていた」

「怖かったんだ。あんたやシェリルが、その店にいって、フクロウとこじれたら……。奴はみんなを殺すかもしれん。マークの伝言をつたえた俺も、殺すかもしれない、と」

シェリルがあきらめたような目をして、首をふった。

「『クーリー』の場所はどこなんだ」

「そこまでは俺も知らないよ」

「調べろ。俺たちは待ってる」

私はいってマイクをおいた。

「『クーリー』という店なんて聞いたことないわ」

シェリルがいった。

「たぶんそこが、マークとフクロウの接点だったんだろう。マークはそこでフクロウに連絡をつけ、勝負をしかけたんだろう。そして負けたんだ」

私はいった。

「もっといえば、その『クーリー』で、マークはあなたの弟と会ったのじゃない？」

「きっとな。マークは、弟を通して、フクロウのことを知っていたんだ」

「メジロー」

無線機がいった。

「何だ、〝福耳〟」

「今、警察無線が喋ってる。代々木公園《よよぎこうえん》で男の死体が見つかった。撃たれてる」

「シット《くそ》！」

L・Tが叫んだ。私はイグニッションキイを回した。

「代々木公園のどこだ？」

15

私達の到着は、所轄署のパトカーの到着とほぼ同時だった。従って、完全に現場が封鎖される前に、木立の中で落ち葉の上によこたわっている高津京一を観察することができた。

高津は後頭部と喉に、一発ずつ銃弾を撃ちこまれていた。驚きが凝固した死に顔だった。

野次馬に交じってそれを見ているうちに、制服警官に遠ざけられた。

L・Tとシェリル、そして私は、手分けしてあたりを捜し回った。だが、私の撮った男の姿は見つからなかった。

「メジロー」

耳にさしこんだ携帯無線のイヤフォンから〝福耳〟の声が流れ出した。

「何だ」

私は野次馬の列を離れ、マイクにいった。

「『クーリー』の場所は、一〇四に問いあわせてもわからん。電話帳に登録していない店のようだ」

「何とか捜す方法はないのか」

「俺にはわからんよ。ここと『ポット』しか知らないんだ」

〝福耳〟は泣き声をだした。

「それから、鹿屋がそっちに向かってる。鹿屋は所轄に手をださせるなと命じたんだ」

「鹿屋か――」

私はつぶやいた。

あたりを見回した。L・Tが右手を腰のあたりに泳がせながら、鋭い目を配っている。

少し離れたところにシェリルもいた。

私はシェリルを手招きした。

「シェリル、鹿屋という刑事がもうすぐここにくる」

「聞いていたわ」

シェリルもL・Tもイヤフォンを耳にさしこんでいたのだ。

「じゃあ、俺とは関係のないふりをしていてくれ」

「何をする気？」

「見ていればわかる」

サイレンの音が聞こえた。そちらを見やると覆面パトカーが三台、やってきたところだった。私は音をたてて急停止したパトカーに歩みよっていった。

一台めの後部席のドアが開き、男たちが降りたった。そのうちのひとりが鹿屋だった。

鹿屋はカメラをもたない私には気づかず、まっすぐ現場に向かおうとした。

「鹿屋班長」

私がいうと立ち止まり、ふりかえった。

「お前か」

不審と不愉快が入りまじった顔を私に向け、鹿屋はいった。

「ゴキブリが。どうした、今日はカメラを忘れたのか」

「被害者のことを知りたくないか。殺ったのはもちろん、フクロウだ」

「何だと？」

「フクロウの依頼人もわかっている」

「貴様――」

鹿屋はいきなり私の腕をつかみ、ねじりあげた。

「何を知ってるんだ。さっさと吐け。さもないとここで殺しの現行犯で逮捕するぞ！」

野次馬の多くと同僚の警官が、目を丸くして私たちを見つめていた。

「話す、話すから腕を離してくれ」

「駄目だ」

「じゃあ車の中に入ろう。パトカーでいい」

鹿屋は目を細め、疑い深げに私を見つめた。私は鹿屋を見つめかえした。

「何を企んでやがる」

「パトカーだ」

私はくりかえした。

鹿屋は、

「先にいっててくれ」

同僚にいった。刑事たちがいってしまうと、乗ってきた覆面パトカーの後部ドアを開いた。

「乗れ」

私は乗った。あとを追うように乗ってきた鹿屋は、いきなり手錠をとりだして、私の両手首にはめた。

「くだらねえ与太ふかしやがったら、このまま連れていく」

私が呻くまで、ぎりぎりと手錠の歯車をくいこませた。

「さあ、うたえ」

「死んでいるのは、アダルトビデオで有名な、高津京一だ。ビデオの監督だよ」

私は歯をくいしばり、いった。

「ほう。それで」

「殺ったのはフクロウ。殺らせたのは、神戸の大物フィクサーで、御田代清吾という男だ……」

鹿屋は御田代の名を知らなかった。

「何だと？」

あっけにとられたように、眉をひそめて私を見た。

「高津は、御田代の娘を自分の監督するアダルトビデオに出演させたんだ。ビデオの中で娘は父親について喋り、御田代は怒り狂った。関西の財界や暴力団ともつながった男だ。高津を生かしておかん、と側近に断言したそうだ」

「それでフクロウを雇ったというのか」

「そうだ」

鹿屋は目を細め、私をにらんだ。

「なぜそんなことを知っている」

「情報さ。高津がボディガードを雇ったと聞いて、俺は高津の周囲を張りこんでいた。御田代なら、きっと一流のプロを使う。ならば、フクロウ以外、ありえないと思ってな」

「御田代なんて、俺は知らんぞ」

「あんたが知らないことは、世の中にたくさんある」

いきなり鹿屋は私の頰をワシ摑《づか》みにした。煙草の匂う口を寄せていった。

「きいた風な口をきくんじゃない、ゴキブリが」

「話はまだ終わっていない」

「吐け」

「俺はあんたに協力するといっているんだ。フクロウを捕える情報を提供しようとしているんだぜ。この手錠を外してくれ」

「まだ駄目だ。お前は信用できん」

私はため息をついた。

「俺はあんたと同じで、ずっとフクロウを追ってきた。あんたが追い始める、もっと前からだ。俺が犯罪現場の写真を撮りつづけてきたのは、フクロウを見つけるためだ、といったら？」

鹿屋は顔をひき、信じられないように私を見つめた。

「だから俺は、あんたよりもずっと、フクロウのことをよく知っている。フクロウをつかまえる手がかりも、あんたに渡すことができる。写真も含めて」

「嘘じゃないな」

「本当だ」

「お前、何者だ」

「話してもいい。その代わり、頼みがある」

私がいうと、鹿屋は背広の内側からとりだした鍵で手錠を外した。私は歯車の跡の残った手首をさすった。

「頼みはきいた。話せ」

「まだある」

「何だと、つけあがるのも――」

「それをしてくれなければ、フクロウの居どころはつきとめられん」

鹿屋の言葉をさえぎり、私は早口でいった。鹿屋は口を閉じ、すごみのこもった目で私をにらんだ。怒りをおさえこむように、強く鼻から息を吐くと、いった。

「何だ？」

「麻布にある『クーリー』というバーを調べてくれ。電話帳には載っていない。ひょっとしたら、正式な営業許可すらとっていないかもしれない。だが、所轄に訊けば、場所くらいはわかるだろう」

「それがどうしたんだ？」

「この間、羽田の近くで、片腕の男の死体が見つかったろう」

「知りあいだな、やはり。お前の近所で飲み屋をやっていたのがわかったんで、そうだろうと思っていた。あいつは傭兵だったらしいじゃないか」

「昔の話だ。彼は、俺たちの仲間だった。だから、今は、フクロウを捜している人間はたくさんいる。わかるだろう」

「ゴキブリが仲間の仇討《あだう》ちか。そんなことはさせんぞ」

鹿屋は静かにいった。

「俺たちはそれで、『クーリー』という店の名をつきとめた。殺された片腕の男は、そこでフクロウと連絡をとり、会ったんだ」

「何のためにだ」

鹿屋は鋭くつっこんできた。

「フクロウに、御田代の仕事から手をひかせるためだ。高津のボディガードをひきうけたのは、俺たちの仲間だった」

「役立たずのボディガードだな。消されちまったじゃないか」

あんただってフクロウをつかまえられないじゃないか——そういいかえしたいのを、私はこらえた。今、鹿屋を怒らせても、得することはない。

「フクロウは結局、お前らの仲間なのか」

「ちがう。片腕の男をのぞけば、誰もフクロウには会っていない」

私は首をふった。

「じゃあなぜ、お前はフクロウを捜す？」

「フクロウが俺の弟かもしれないからだ」

「なに!?」

「信じられんだろうが、黒衣の女といわれているのは、実は男である可能性があるんだ。女装の男だ。そいつは殺人罪で少年刑務所に服役したあと、行方しれずになっている、俺の弟である可能性が高い」

鹿屋は目をみひらいた。

「お前の本名は何というんだ。それと弟の名は」

「白戸英一、弟は白戸貢だ」

鹿屋は息を呑んだ。

「シラト光学の白戸か」

「そうだ。知っているのか、あの事件を」

「俺はあの頃、捜一の駆けだしだった。お前があの行方不明だった兄貴なのか」

私は頷いた。

「その頃、アメリカにいたんだ。いろいろなことがあり、整形手術を受けて日本に帰ってきたとき、弟はもう出所したあとで、行方がわからなくなっていた」

「なぜそれを今まで黙っていた」

「あんたは訊かなかった。ゴキブリの本名なんかに興味がなかったのだろ」

鹿屋はまたかっとしかけたが、思いなおしたようにいった。

「いいか。お前のいった店については調べる。あとで連絡するから、居場所を教えろ」

「自分ん家《ち》にいる」

「わかった。ゆっくり話を聞かせてもらおうか、あとで」

「あんたが仕事をすましてから、な」

私はいった。鹿屋はそれを、高津殺しの現場検証のことだと受けとったようだ。頷き、パトカーのドアを開けた。

「シラト光学についても、もう一度洗う。嘘だったら、ただじゃすまさんぞ」

私に指をつきつけ、いった。私は手を広げた。もはや嘘などついても何の意味もなかった。

鹿屋から連絡があったのは、その夜の十二時過ぎだった。さすがに疲れた声だった。

「白戸か、鹿屋だ」

「そうだ、何かつかめたか」

「お前の話のウラをとるのに電話をかけまくった。確かに、白戸貢は、少年刑務所を出所したあと、居どころ不明になって手配を受けている」

「嘘じゃないということがわかったろう」

「府警にも問いあわせて、御田代についても調べた。奴は今、ヨーロッパ旅行中だ」

「フクロウが仕事をする間のアリバイ工作だ」

「そんなことは俺にもわかっている！」

鹿屋はいらだった声でいった。

「『クーリー』の場所はつかめたのか」

「ああ。麻布署の防犯に聞いた。そこに奴は、フクロウはいるのか」

「それは俺にもわからん。内偵をかける気なら、その前に場所を教えてもらおうか」

「教えたら、お前は仲間を連れて『クーリー』にのりこむつもりだろう」

「そうだ」

「教えるわけにはいかんな」

「だが、『クーリー』を知っただけじゃ、フクロウは捕えられんぜ。あんたらが内偵をかければ、フクロウはすぐにとぶ。あんたらに尻尾をつかまれるほど、マヌケじゃない」

「何だと、この野郎……」

言葉は厳しかったが、疲れのせいかさほど迫力のない口調で鹿屋はいった。

私は受話器をおさえ、私を見つめているL・Tとシェリルの顔を見渡した。

「ひと晩だ、鹿屋班長。ひと晩だけ、俺にくれ」

「そして、お前らがその店にのりこむのを見逃せというのか」

「いずれにせよ、あんたはフクロウを手に入れる」

「死体を渡すつもりか」

「そんなことは考えていない。俺の弟かもしれないのだぞ」

「………」

鹿屋は考えているようだった。

「条件がある」

やがていった。

「何だ」

「俺もそこにいく。そのかわり、ひとりでいく」

「待て」

私はいって、送話口をおおい、手早くふたりに話した。

「駄目よ。サツといっしょだったら、匂いでフクロウはでてこない」

シェリルは首をふった。

「仲間は駄目だといっている。あんたの匂いがいやがられるそうだ」

「じゃあこの話はなしだ。勝手にその店を捜すがいい」

「写真はいらないのか、フクロウの。裁判のときに証拠として使えるかもしれないのだぞ」

鹿屋は深く息を吸った。

「別々の行動をとる。どうだ」

ふたりに話した。シェリルは考え、いった。

「本当にひとりでくる、と？」

「ああ」

「私の邪魔をすれば殺す」

L・Tが短く宣言した。私は電話にいった。

「今夜ひと晩、あんたはこちらがいいというまで、お巡りの仕事を忘れられるか」

「何を考えている？」

「そいつを約束してくれ」

鹿屋は黙った。

「あんたがいあわせれば、首がとぶか、命を落とすか、だ」

「おどす気か、俺を」

「そうじゃない」

「――わかった。東麻布の第二亜細亜《あじあ》ビルの地下だ。住所は――」

鹿屋は住所もいった。私はそれをくりかえした。シェリルがメモをとった。

「あんたはくるのか、それでも」

「いくさ。お前らのお手並みを見せてもらおうじゃないか」

「約束するんだな」

「ああ！」

叩きつけるようにいって、鹿屋は電話を切った。

16

私たちが「クーリー」の入ったビルの前に車を止めたのは、午前一時二十分だった。

麻布といっても、六本木の目抜き通りからはかなり離れ、あたりは住宅とオフィスが入り交じって建つ密集区で、タクシーが疾走する桜田《さくらだ》通りからは一本入っているせいもあり、静かだった。

ビルは、さほど大きなものではなく、灰色のくすんだ、五階建てだ。周辺にはそういう造りのものが多く、六本木のような多目的大型ビルはない。テナントの大半が貸店舗や個人用住宅を目的に造られている。

そこにバーがあることを示す看板は何ひとつなかった。一階は灯を落としたブティックで、かたわらに地下へ下る階段がある。

階段の途中に、足もとを照らすためのライトがひとつ点っているきりだ。

階段のつきあたりには、灰色に塗られたスティールのドアがあった。店名の「クーリー」は、そこに小さく「苦力」と記されているだけだ。「苦力」は、戦前の中国で使われた荷役夫の意味だった。電話帳で調べてもわからないわけだ、と私は思った。

あたりには、何台か路上駐車された車が止まっているが、それがこの「苦力」を訪ねた人間のものか、付近の住民のものか、わからない。

とにかく、ひっそりとしている。

私は鹿屋を捜した。先に店に入っていなければ、あたりに張りこんでいるかもしれなかった。

だが、鹿屋の姿はなく、シェリルがいった。

「入りましょ」

シェリルは、品のいい、白のタイトスーツを着こみ、ハイヒールをはいていた。L・Tはショートコートにジーンズ、私は、ジャケットにジーンズで、手に紙袋を持っていた。

シェリルが先頭に立って階段をおりた。「苦力」がまだ開いているかどうかはわからなかった。だが、マークがいい遺《のこ》したように、そこがフクロウと連絡をつけることのできる「こちら側」の連中のための店ならば、こんな早い時間に閉めているわけがない。

シェリルがドアを押し開いた。

まず目に入ったのは、天井までの高さがある、巨大な水槽だった。そこでは、ウツボや鮫《さめ》といった、まるで食用にはならない凶悪な顔つきの魚たちが、銀色の水泡の中をゆらゆら動きまわっている。

水槽は大きなものになると、高さ三メートル、長さが一〇メートルもあって、壁のように店内を区切っている。その巨大な水槽が全部で五つくらい、店のあちこちにすえつけられていた。

店は、比較的明るい大理石のカウンターと、黒い革ばりの大きなソファがセットになったボックスとに、分かれていた。

カウンターの内側には、黒いポロに黒のスラックスを着けた三人の若い男がいた。客は、ボックス席に六人組のグループがいるだけだ。そのうちのひとりが私たちの方を怪訝そうにふりかえった。

六人の中心にすわっている人物に見覚えがあった。和服姿の似あう女優として知られ、芸能界でも姐《あね》さん肌で通っている四十代の女だった。独身で、パトロンに広域暴力団の会長をつとめる老人がついている、という噂だ。

グループの中に、やくざはひとりもいなかった。売りだし中の少年アイドルがふたり、あとはマネージャーと思しい連中だ。

カウンターに客の姿はなかった。シェリルはまっすぐカウンターに歩みよっていった。カウンターの内側にいた三人の中でも、いちばん年かさに見える男が、もたれかかるようにしていた水槽から、ゆらりと立ちあがった。背後に、瞬きひとつしない巨大な狼魚《おおかみうお》がうずくまっている。

私はシェリルのあとを追って、歩きながら、その男の顔を見すえ、深く息を吸いこんだ。写真の男だった。フクロウの現場写真に何度か写っていた、若い男だ。

男は無表情の、どんよりとした目で、私たち三人を見つめた。

シェリルが、スティールと革を組みあわせたストゥールに腰をおろした。私とL・Tは、それに隣りあわせてすわる。

男が、囁《ささや》くような低い声でいった。

「初めてでらっしゃいますね。御紹介者は？」

それは優しく、細い声だった。そしてその声を聞いた瞬間、私は膝が震えだすのを感じた。

貢の声だった。細く、弱々しい、貢の声だ。シェリルから、私とL・Tに目を移した貢の目には、何の表情もなかった。

「マークよ」

シェリルがいった。

「マーク様」

貢はくりかえした。シェリルもL・Tも、貢が写真の男であることに気づいている筈だった。だがふたりとも、貢と同じで、顔には何ひとつ表情の変化を見せていなかった。

ジーッという音が、L・Tの手もとでした。L・Tがショートコートの前のファスナーをおろしたのだった。右手が、開いた前に浮いている。いつでもデトニクスをつかみだせるようにしたのだった。

「存じあげません」

貢が淡々といった。

「御紹介のない方は、お席をお断わりいたしております」

私は紙袋をカウンターにおいた。貢がこちらに目を向けた。カウンターの上には、天井から小さなスポットライトが光の輪をあびせている。その輪の中で、袋の中身をとりだした。

貢の表情が初めて動いた。袋の中に入っていたのは写真だった。フクロウの現場で撮った、貢の写真だ。

「マークから預かったんだ。これでも君はマークを知らないか」

私はいった。貢が私を見つめた。その手もとに私は写真をおしやった。

「君にあげよう。ネガがあるんだ」

貢は写真を受けとり、じっと見つめた。やがて顔をあげ、私たちを見渡した。

「御用件をうかがいます。お酒を召しあがりにいらしたのではありませんね」

貢の背後に立つふたりの若者は、ぴくりとも体を動かさず、こちらをうかがっていた。

「酒を飲んでもいい。君のボスに会いたいんだ。その人を待つあいだ」

「ボス？」

「この店のオーナーは君か？」

貢は首をふった。

「じゃあ我々は、その人と話したい」

「オーナーは店にはいらっしゃいません」

「ならばこちらからその人のところへでかけていこう。どこにいる？」

私はまっすぐ貢の目を見つめ、いった。

「オーナーに会って何を？」

貢は私の視線を正面から受けとめ、いった。動揺や不安は、貢の目の中になかった。

私は、かすかにいらだち、同時に悲しみに似た気持を味わっていた。声を聞いた瞬間、
私は貢に気づいた。だが貢の方は、整形手術を施しているとはいえ、これだけ話しても、
私のことに気づかない。

「それは会って話す」

私はいった。

貢は小さく頷いた。そしてカウンターの中を歩いていくと、隅におかれていた無線電話を手にとり、ボタンを押した。

低い声で受話器に語りかけた。こちらの方はいっさいふりかえらず、話し声も聞こえない。

私はその背をじっとにらんでいた。

「どうしたの？」

シェリルが低い声でいった。

「貢だ」

私は小さく答えた。シェリルが鋭く息を吸いこんだ。

「本当に？」

「まちがいない」

貢は電話のスイッチを切ったところだった。カウンターをくぐり、ボックス席のグループに歩みよっていった。

貢の歩き方は、女性的で優美だった。洗練されたファッションモデルのそれを思わせた。おかまがしなを作っているのとは、ちがっていた。

貢はひざまずき、グループに何ごとかを話しかけていた。私がふりかえって見つめていると、女優が頷き、

「電話を貸して」

というのが聞こえた。貢は手にもっていた無線電話を渡した。

女優は電話のボタンを押しはじめた。でた相手に何ごとかを告げ、立ちあがった。女優が立つと、残る五人もいっせいに立ちあがった。

ぞろぞろと出入口の方へ移動する。

「ありがとうございました。おやすみなさい」

貢が開いたドアをおさえ、いった。

「おやすみなさい」

「おやすみなさい」

カウンターの中にいたふたりが唱和した。その声は、少年と呼んでよいほど、高く澄んだものだった。

　ドアが閉まり、貢はカウンターに戻ってきた。私を見、いった。

「オーナーはじき参ります」

　私は頷いた。

　誰も口をきかなかった。グループの客が去ると、店の中には静けさが満ちた。音楽も流れていない。あるのは、フリーザーの低い唸りと、水槽の中をたちのぼる気泡がはじける、ぷつぷつという小さな呟《つぶや》きに似た音だけだ。

　貢は、すわっている私たちの背中ごしに、水槽をじっと見つめていた。そこには、変異種なのか、色素のない、まっ白の巨大なウツボがいた。

　ひらひらと長い体をゆらめかせながら、沈められた岩と岩の間を泳ぎまわっている。

　やがて貢はもたれかかっていた水槽から体を起こし、ふたりに告げた。

「帰っていい」

　ふたりはうかがうように貢の顔を見つめたが、無言でその言葉に従った。

　ふたりがでていき、貢ひとりが私たちとともに残された。その顔に不安はなかった。夢見心地のように、あいまいで、どこかとらえどころのない表情を、貢は浮かべていた。まるで何が起きても気にならない――そんな放心状態にあるかのようだ。

私は我慢できなくなった。シェリルが目配せしたが、もう止まらなかった。

「貢……」

貢がさっとこちらに顔を向けた。

「白戸貢だろう。ずっと捜していたんだ。俺は、俺は……」

声が詰まった。

いぶかしげに私を見つめていた貢の顔が一変した。

「嘘！」

小さく叫んだ。

「嘘でしょう……。兄さん――？」

その顔にはありありと、ショックを受けた表情が浮かんでいた。

「そうだ。英一だ」

「でも、でも、顔がちがうよ」

貢は首をふった。

「整形手術を受けたんだ。アメリカでいろいろあって」

「そんな……信じられない」

貢は私に歩みよった。真剣なまなざしで私をのぞきこんだ。

「初めて会った日、俺はお前を投げとばした。赤いランドセルをしょっていたお前を」

貢の目がぱっとみひらかれた。

「兄さん!」

そして怯えと焦りのいりまじった目で、私、シェリル、L・Tを見た。

「いったい、どうして——」

「フクロウと呼ばれているのが、お前じゃないかと、ずっと捜していたんだ」

「なぜ!?」

「長い話だ。お前が、親父とお袋を殺した犯人じゃないことを俺は知っている」

貢は息を呑んだ。

「真犯人は別にいた。アメリカでそいつのことを聞き、俺はお前に会う決心をして、帰ってきたんだ。訊きたかったんだ。なぜ、あのとき、お前は——」

「やめて! やめてよ、兄さん。僕は、あんたのお父さんとお母さんを殺したんだ」

「あんたの? お袋はそうかもしれないが——」

「嘘なんだ。僕の母は嘘をついていた。僕の父親はあんたのお父さんじゃなかった。母親はそれを僕にも隠していた」

私は呆然とした。

「じゃあ、どうして——」

「知ったって? あんたのお母さんが教えてくれたんだ。母は、あんたのお母さんにだけ、本当のことを話していた。僕にはまるで白戸家の血が流れていないことを。死ぬ直前に、電話で話したんだ」

「なんだって、それならどうして、お袋は……」

「あんたのお父さんへの復讐だよ。僕を家の中におき、面倒を見ることで、あんたのお父さんは、あんたのお母さんに頭が上がらなくなる、大きな借りを作る、そう見こしていたのさ。だから、あんたのお母さんは、本当のことを知ってからも、何もいわずに僕を育ててくれたんだ。家の中に僕がいる、それだけで、お父さんはお母さんに対し、いつも遠慮をしていた」

「お袋はお前を利用したっていうのか」

「そうさ！　僕の母親もそうだった。僕に流れている血を消すために」

「お前に流れている血？」

そこまでいったとき、貢ははっと口をつぐんだ。

「兄さん、マークを知ってたの？」

「知っていた。マークはお前と……」

貢の顔がこわばった。

「――いけない。いけないよ。帰った方がいい。帰って」

私は首をふった。

「帰るわけにはいかない。俺はお前が殺人犯じゃないことを証明したい。そして、このふたりは、本物のフクロウに会いたがっている」

「駄目！　駄目だよ！」

貢は悲鳴のような声で叫んだ。

「フクロウはどこにいるの？　これからここにくるオーナーがフクロウなの？」

シェリルが切迫した口調でいった。貢は激しく首をふり、あとじさった。背中が水槽にどん、とぶつかり、狼魚がゆらめくように岩の向こうに隠れた。

「貢、教えてくれ。あの晩、何があった」

貢の目が不意に遠くを見つめた。出入口のドアの方を見たのだった。

L・Tがくるりと体を翻した。右手をコートの内側にさしこんでいる。

その手が、何もつかまずに現われた。L・Tの顔から緊張が消えた。

ドアを押し開いて入ってきたのは、背の高い、五十代の女だった。どこかのクラブのママのように髪を結いあげ、着物を着けている。右手に大きな黒革のハンドバッグをさげていた。

「閉店だといえ」

L・Tが貢にいった。女がバッグの中に左手をさしこみ、カウンターに歩みよってきた。貢は何もいわず、女を凝視していた。

シェリルが眉をひそめた。L・Tは、貢の顔をにらみ、あきらめたように再び新来の女の方に目を戻した。

L・Tが口を開きかけた。女をじっと見つめていたシェリルがはっとしたように顔色をかえた。

「L・T！」

「いけない！」

シェリルと貢が叫ぶのが同時だった。ハンドバッグの横腹でぱっと赤い火が閃《ひらめ》いた。

L・Tの背が激しくカウンターにぶつかった。目を大きく開いている。L・Tが信じられないものを見るように、自分のコートの前を見おろした。ポロシャツの胸に赤い染みが浮き、見る見る広がっていった。

L・Tがストゥールごと床に崩れ落ちた。

「動くな」

私とシェリルが立ちあがった瞬間、女が命じた。低い、男の声だった。

私とシェリルは凍りついたように、着物の女を見つめていた。女装しているが、それは男だった。近くまできても、声を聞かなければわからないほど、たくみな女装だった。

「貢、鍵をかけろ」

女装の女がいった。左手には、バッグからひきだしたリボルバーを握っていた。

「やめて、やめてよ」

貢が懇願するようにいった。

「早くしろ、貢」

「いやだ！　この人は僕の兄さんなんだ」

女がすっと顔をあげ、私を見つめた。私は女の顔を見返した。こうして見つめあっていても、やはり女としか見えない。だが、年齢は、実際に五十に手が届いているようだ。

「白戸英一か」

女が、男の声でいった。面白がっているような響きが、そこにはこもっていた。

「フクロウだな」

私はいった。女は首をふった。

「フクロウなんて名は、勝手にお前らがつけただけだ。俺はもう、二十年以上もこの仕事をやってきているんだぞ」

私は吐き気がこみあげてくるのを感じた。この年老いた女装男が、貢を愛人にして、仕事の片棒をかつがせていた殺し屋なのだ。

「貴様が俺の弟を殺し屋に仕立てたんだ。その薄ぎたない変装も貴様が仕込んだのか」

女は顔を歪めた。それは笑ったからだった。これほど醜い笑顔は見たことがなかった。

「弟だと？　お前らには血のつながりは何もない。笑わせるな。貢は、自らすすんで、俺の手伝いをしているんだ」

「嘘だ」

女は表情のこもらぬ目で貢を見つめた。

「貢、まだ話していなかったのか」

「やめて。やめてよ！」

貢が激しく首をふった。

「そうか。話す暇がなかったというわけか」

「父さん、もうやめて。あなたは病気なんだ」

「父さん！」

私は愕然としていった。この女が、女装した殺し屋が、貢の父親だというのか。

「本当か、貢！」

貢は力なく頷いた。女がいった。

「俺が貢と会ったのは、白戸、お前の両親の命日だ。貢はあのとき、とうに、自分が白戸了介の子ではないことを知っていた。お前の母親から聞かされていたからな。あの日は、運命の日だった。俺は仕事の依頼を受けて、お前の家に忍びこんだ。お前の親父、了介が、会社の買収にうんといわないのに業を煮やした連中が、俺を雇って消させようとしたんだ。

ところがどうだ。入ってみると、お前の家は血の海で、死んだお前の両親とお手伝いを前に、貢が呆然とつっ立っていた。誰かが先にきて仕事をしていったと、すぐに俺は悟ったよ。そしてもうひとつ、もらわれていった、俺の伜が、生き残ってそこにいた。そうだ、あの女は、お前の親父の目をかいくぐって俺と遊び、俺の子供を身ごもった。だが俺の正体に気づいたとき、あわてて子供を、お前の親父におしつけたんだ。俺はなりは女だが、自分の息子が欲しかった。なのに、あの売女《ばいた》は、俺から息子をとりあげたんだ。

ひと目見て、俺は貢が自分の息子だとわかった。放心状態の貢から母親の名を聞きだし、自分の考えがまちがっていなかったことを知った。だから俺も教えてやった。俺が本当の親父だ、と」

「本当の父親が人殺しであることもか」

「プロ、といって欲しいね。俺はプロの殺し屋だ。誰にも知られていなかったが、俺は一流のプロだった。だから息子には誇りをもって欲しかった」

「おかしいんじゃないの。殺し屋の子供に生まれたことがどうして誇りになるのよ」

シェリルがいった。

「黙れ！　俺は貢に、がっかりすることはない、本当の父親がここにいて、家族を失ったわけじゃないと、教えてやったのだ」

私は痛ましい気持で貢を見つめた。いったい、どれほど貢にとってはつらいできごとだったろう。

育ての親が惨殺されたその現場で、実の父親が職業的な殺人者であることを、聞かされたのだ。しかも、女装に対する傾倒が、はっきり血すじによるものであると知らされたのだ。

「火を放ったのは貴様か」

「そうだ。クライアントには、俺の仕事であると思われなけりゃならなかったからな。貢には、俺の特徴を警察にいえ、といった。そうすればクライアントも、犯人が俺だと信じる。ところが、おもってもいなかったことに、貢は、全部自分がやったのだといいはった。なぜあんな馬鹿なことをいったのか。おかげで刑務所いきだ。もっとも、そのせいで、貢はこちら側の世界にきた。俺も頼もしい片腕を得られたわけだ。若いときは、自分でも惚《ほ》れ惚《ぼ》れするようないい女だったが、もう、婆《ばば》あだからな。貢のように、若くてきれいなのが欲しかったんだ」

「お前には、父親を名乗る資格などない。お前が貢をこの世界にひきずりこんだんだ」

「ちがうな。まだわからんのか。貢がまっとうでない生き方を選んだのは、お前らのせいなんだ。お前ら親子が、貢をいじめて、歪めたんだよ。俺の伜をいじめたんだ」

「やめてよ、もう。兄さんは僕をいじめてなんかいない」

女はかっと目をみひらいた。

「お前、まだ、この男が好きなのか」

「いわないで！　いわないで、それを」

貢が耳をふさぎ、しゃがみこんだ。

女は私をにらみつけた。

「こいつの男好きは、こいつだけのものだ。俺は女装はしても、ホモじゃなかった。だがこいつは、根っから男が好きなんだ。わかるか、白戸。こいつの初恋の相手は、お前なんだ。お前に抱かれたかったんだよ、こいつは」

「やめろ！」

貢が不意にカウンターの隅からとびだし、女に組みついた。

「馬鹿者！」

女は貢をふりはらった。貢はガラスの水槽にぶちあたった。勢いで水槽が倒れた。洪水のような水が店内に溢《あふ》れた。白いウツボの入っていた水槽だった。

シェリルがすばやく動いた。が、次の瞬間、女が発砲し、カウンターの奥の水槽を粉砕した。

「動くんじゃない！　貢、見ていなさい。父さんが仇をうってやる。お前をいじめた白戸家の最後の生き残りを成敗してやる」

「やめて！　やめて、お父さん！」

女が拳銃を私に向けた。そのとき、店のドアが勢いよく内側に開いた。鹿屋だった。

「動くな！　警察だ！」

両手で短銃身の刑事用拳銃をかまえていた。女がさっと向きをかえ、鹿屋に向き直った。鹿屋はドアの外で立ち聞きしていたのだ。

鹿屋が発砲した。

拳銃は女をかすめ、貢の腕にあたった。貢が悲鳴をあげて倒れこんだ。

「下手くそが」

女は笑い、引き金をひいた。鹿屋の背中がドアに叩きつけられた。鹿屋は銃をとばし、すわりこむように腰を落とした。その顔が苦痛に歪んでいた。

「お前のようにからっ下手な警官に、俺が仕留められるか」

女は笑った。鹿屋は唖然としたように、着物姿の女を見つめた。それで私はわかった。

鹿屋は、的を外したのではなかったのだ。

外で話を立ち聞きし、声から、てっきり、貢が銃をもっている〝男〟だと思いこんでいたにちがいない。それで、貢の腕を撃ったのだ。

「おま、お前がフクロウなのか……」

つぶやいたその声には、力がなかった。

「馬鹿が」

女はせせら笑った。

不意に銃声がして、女の体が吹きとんだ。別の水槽に激突し、頭から大量の海水を浴び、倒れこんだ。水しぶきは、女の体の上を通過すると、赤く色をかえた。

銃声は、私の足もとで起きたのだった。

私は、くるぶしまで水がたまった床を見た。

デトニクスを握ったL・Tが苦しげに上半身を起こしていた。左手を床につき、銃を握った右手を、まっすぐ女に向けていた。

「馬鹿は、お前、だ」

つぶやいて、L・Tは咳きこんだ。その口から赤い糸を引いて血がこぼれ、床にたまった水に落ちると、ピンクの雲のように広がった。短い髪が濡れて、顔にへばりついている。

「目が覚めたのね」

シェリルがいって、右手をさしだした。L・Tはそれにつかまって、立ちあがった。

「救急車を呼ぶから、動かないで」

そのままカウンターによりかかったL・Tに優しくシェリルはいった。

私は倒れた女に歩みよった。派手な柄の着物の裾が割れ、ふわりと水に広がっていた。

水につかった横顔に生気はなく、その眼前で、体長五〇センチほどの灰褐色をした鮫が、激しくはねていた。

下を向いている方の横顔は目から上がきれいに吹きとんでいた。

私は吐き気をこらえ、立ちすくんでいる貢に歩みよった。貢は両腕で胸を抱くようにして、震えていた。

「貢……」

「離して」

私がかけた手を、貢はふりほどいた。涙声になっていた。

「終わった。終わったんだ、貢。お前はもう、人殺しの手伝いはしなくていいんだ」

「でも、僕の体には殺し屋の血が流れているんだ。人殺しの烙印《らくいん》があるんだ」

私は無言で貢を抱きしめた。貢は初め抵抗し、やがて震える体を寄せてきた。

「人は誰だって烙印を背負ってるんだ、貢。お前だけじゃない、俺や、ほかの連中も、皆、背負ってるのさ」

「兄さん……」

貢は静かにすすり泣きはじめた。

解説

馳 星周

一九八〇年代後半から九〇年代にかけてのアメリカのハードボイルド・シーンにおいて、最も重要な作家は誰か？ と問われれば、多くのミステリー・ファンがアンドリュー・ヴァクスと答えるだろう。

ヴァクスは八五年に『フラッド』という作品でデビューした。従来のハードボイルドはヒーローは私立探偵、もしくはそれに近い存在だったが、ヴァクスのヒーロー、バークはそうした私立探偵とは程遠い存在だったのだ。

バークはニューヨークの暗黒街の住人だ。組織には属さず、一匹狼でやっているが、腕がたつ殺し屋というわけでもなく、普段はケチな詐欺やなにかで糊口《ここう》をしのいでいる。バークはそう、ニューヨークの暗黒街という現代のジャングルで生き延びる術《すべ》に長けた男として描かれる。

常に冷静沈着、臆病なほどに周囲を警戒して生きるバークだが、こと子供に対する性的、精神的虐待を知ると人が変わる。幼児虐待に関してバークには暗い過去があり、どうしても自分を抑えられなくなるのだ。

子供をいたぶる変態を見つけると、バークはケチな詐欺師の仮面を脱ぎ捨てて現代の「仕事人」へと変貌を遂げる。だが、暴力を使う仕事が不得意なバークはひとりではなにもできない。そこでバークはファミリイと称する仲間を招集するのだ。

素手の格闘では無敵で耳の不自由なモンゴル人、耳なしマックス。ある時から成長が止まってしまったような身体《からだ》だが、裏の世界に関する知識ならだれにも負けない黒人のプロフ（預言者）。ナチスへの妄執で精神に変調をきたしてはいるが機械のことならなんでもござれのユダヤ人、モグラ。そして、男の身体という檻《おり》に閉じこめられた女の心を持つ性倒錯者、ミシェル。

バークは彼らファミリイの仲間――彼らの全てが肉体的、精神的にハンディを背負っていることにも注目しなければならない――とともにニューヨークの暗い世界を駆け抜けて、子供を弄ぶ変態に償いを求める。

ニューヨークの暗部とバークの精神の暗部を描くヴァクスの筆はモノクロのトーンで常に統一されており、その描く世界とあいまって、ハードボイルドというよりはロマン・ノワール（暗黒小説）と呼ぶ方が正しいのだが、ともあれ、ヴァクスの「バーク」シリーズは八〇年代後半から九〇年代前半のアメリカ、そして日本のハードボイルド・シーンを席巻《せっけん》したといって過言ではない。そう、日本でもヴァクスの描く暗黒のニューヨークは熱狂的に受け入れられたのだ。

さて、大沢在昌の小説の解説に、なんでアメリカの作家の話が延々と描かれているのかと不思議に思われている読者もいるだろうが、ここからが本題である。

すでにお読みの方ならおわかりだろうが、この『烙印の森』は、大沢版「バーク」シリーズとでもいうべき内容の小説なのだ。

舞台は東京。だが、その東京は我々が知っている東京ではなく、魑魅魍魎《ちみもうりょう》のごとき輩《やから》が跋扈《ばっこ》するアンダーグラウンド。登場人物も主人公は元より、足が不自由だがコンピュータなどのハイテク機器を扱わせれば天下一品の福耳、元傭兵でいまはアウトサイダーたちが集まるバーのマスター、マーク。元ムエ・タイ（タイ式キックボクシング）の選手で現在はニューハーフにして凄腕のボディガード、シェリル——。描かれる世界、そして描かれる人間たちがこうなのだ。ヴァクスを思い浮かべるなという方が無理だろう。

これはどういうことなのか？

ご存じのように大沢在昌は弱冠二十三歳でデビューして以来、常に和製ハードボイルドの最前線に位置してきた。ハードボイルドはよく大人の読物といわれる。成熟した書き手が描いた男たちの物語を、成熟した読者が楽しむ。書く側にも読む側にもある程度の人生経験が必要とされる読物だ、と。であるならば、まだ若かりし日の大沢在昌が、なぜに大人の読物であるハードボイルドの最前線に居続けることができたのか。

いろいろな理由が考えられるが、その理由のひとつの中にセンスがあげられるだろう。大沢在昌はセンスがいい。文章のセンス、ストーリーテリングのセンス、さらにはお召しになるもののセンス（これは冗談）。そうしたセンスのよさが、人生経験の不足をありあまるほどに補って、大沢ハードボイルドが大人の読者に受け入れられる下地を作ってきたのだ。それほどまでに大沢在昌はセンスがいい作家なのである。

そのセンスに人生経験がプラスされて、『新宿鮫』以降の大沢在昌はベストセラー作家になったのだ、と考えれば、なるほどなとうなずけたりはしないだろうか？

それはともかく、話はまたアメリカン・ハードボイルド・シーンに飛ぶ。創始者ハメットのハードボイルドは、社会の腐敗を徹底した客観描写でもってリアルに描いた。チャンドラーはそれに遅れて生まれてきた騎士（それがフィリップ・マーロウだ）の感傷を付け加えて、いわゆるハードボイルド・ミステリの大本を作り上げた。以降、ネオ・ハードボイルドの勃興など紆余曲折《うよきょくせつ》はあったものの、基本的にハードボイルドは社会の腐敗とそれに徒手空拳で挑む男の姿を描く読物であったのだ。

しかし、八〇年代後半に入ってアンドリュー・ヴァクスが現れる。さらにはもうひとり、四〇年代から五〇年代にかけてのロサンジェルスを舞台に、悪徳警官たちの狂気と情念を描いてアメリカで大ベストセラー作家となったジェイムズ・エルロイが現れる。ヴァクスにはまだチャンドラーの影が見え隠れするが、明らかにこの二人の作品は従来のハードボイルドとは一線を画するものだ。

ヴァクスとエルロイ。この二人の登場が意味するものはなにか。

それはおそらく、複雑極まりない病理に冒された社会を描くのに、従来のハードボイルドの器がいささか小さくなってしまったということに尽きるだろう。単なる腐敗ではなく、ありとあらゆる病原菌に冒されて腐臭をはなつ泥沼と化したかのような現代社会。状況から一歩身を引いている存在である私立探偵よりは、アウトロゥを主人公に仕立てた方が社会の病理をよりリアルに描けるのだ。もちろん、それに従って文体も、従来のハードボイルドの洒落たものではなく、暗く陰鬱でいて狂騒的なものに変わっていく。そう、彼らの描く作品はハードボイルドではなく、ロマン・ノワールなのだ。

ヴァクスとエルロイの登場は、簡単にいえばそういうことなのだ。そして、彼らの作品がアメリカで売れているということは、彼らの描く世界が、アメリカ市民にとってリアルなものであることを示している。

ひるがえって、日本はどうか？　ヴァクスはある程度市民権を得ただろう。エルロイはイマイチ。これはヴァクスの方が、まだハードボイルドの影を引きずっているからだろうが、ともかく、ロマン・ノワールはまだそれほどミステリ・ファンの間にも浸透しているとはいいがたい現況だ。だが、それは必ずしもノワールの描く世界が日本にはマッチしていないということではない。日本の社会もアメリカと同じ病理に冒されているのだ。ただ、それが表面に見えてこないだけだ。数年もすれば、ヴァクスだけでなく、エルロイの描く狂的な世界にすらも共感を抱く日本人読者の数は増えていくだろう。

すでに日本社会が根深い病理に冒されていることを肌で感じ取っている人間はすでにノワールの熱狂的なファンになっている。そして、大沢在昌だ。長い間ハードボイルドの最前線で闘ってきた大沢在昌が、本書『烙印の森』を描いたことの意味は、だから大きい。ヴァクスやエルロイが登場してからすでに十年の時が経《た》っている。花村萬月、梁石日といったノワールの香りが漂う作品を描く作家はいるが、それでも、ノワール作品は少ない。恐らく、明確な意志をもって描かれたノワールは『烙印の森』ただ一冊なのだ。

なぜヴァクスやエルロイはノワールを描くのか。これはたぶんに作家としての資質に深く根差している。楽天的な人間と悲観的な人間がいるように、書くものがノワールになってしまう作家がいるのだ。大沢在昌は違うだろう。だが、大沢在昌は持って生まれたセンスで、ノワールというジャンルが持つ力と時代を冒す病理を敏感に感じ取ったに違いないのだ。そして、一見平和な東京の陰にリアルなアンダーグラウンドをこしらえてノワールの舞台を調え、実際にノワールを書いてしまったのである。なんたる才能か。

もちろん、大沢在昌のことだから、本書はこてこてのノワールではない。ノワールの核をハードボイルドの衣でくるんで上手に調理してある。読者は一気にページを繰り、救いのないラストに悲しみを覚えるだろう。だが、そんなことはどうでもいいのだ。ぶっちゃけた話、大沢在昌のどんな小説を読んでも、時間を忘れ感動することはできる。ある時期以降、すべての作品が平均点をはるかに上回る出来になる。大沢在昌はそういう作家なのだから。

日本には大勢のハードボイルド作家がいる。その中で自分の資質とは関係なしに、ノワールの放つきらめきに気づく敏感なセンサーを持っていたのは、大沢在昌ただひとりだった。『烙印の森』の持つ意味は、たぶんにその一点に集中する。

数年後、日本でもノワールとそれに類するクライムノヴェルがジャンルをなすだろう。その時ノワールの作家たちは、大沢在昌の慧眼《けいがん》に敬意を表さずにはいられないはずである。

（はせ・せいしゅう　作家）

本書は、一九九六年八月、角川文庫として刊行されました。
初出　「週刊小説」一九九一年四月二六日号〜一〇月一一日号
単行本　一九九二年四月　実業之日本社
ノベルス　一九九五年一月　ジョイ・ノベルス

集英社文庫

烙印《らくいん》の森《もり》

2020年1月25日　第1刷
2020年3月11日　第3刷

定価はカバーに表示してあります。

著　者　大沢在昌《おおさわありまさ》

発行者　徳永　真

発行所　株式会社 集英社
東京都千代田区一ツ橋2-5-10　〒101-8050
電話　【編集部】03-3230-6095
【読者係】03-3230-6080
【販売部】03-3230-6393（書店専用）

印　刷　大日本印刷株式会社

製　本　大日本印刷株式会社

フォーマットデザイン　アリヤマデザインストア　　マークデザイン　居山浩二

ISBN978-4-08-744067-6 C0193